中原中也のながれに

小石ばかりの、河原があって、

陶原葵

思潮社

中原中也のながれに

小石ばかりの、河原があって、

陶原　葵

一人の詩人にみちびかれ
出会った先達のことの葉
そのつむぎ。

つぐみ、　　とも

目次

装幀＝思潮社装幀室

中原中也のながれに

小石ばかりの、河原があって、

こんなことは実に稀れです(1)

もしかして……、と思うことがごくまれに起きる。

風がまったくないのに、花が、葉が、ふいにぎんなんが、どんぐりが、一部分だけばらばらと落ちる。動物がいるわけではない。

何の気配もないのに、一本の木の梢だけが、しんとした動かない景色のなかに、突然ざわざわとゆれる。

そこだけ宇宙が少し裂け、何かが流れ込んだのだろう。磁力のひずみ。そうとしか思えない。

そんなときふと思い出す……。

中原中也と宮沢賢治――この二つの名前を並べるときの――この、苦しさとしか言いようのない心の在り方は何だろうか。

あれはとほいい処にあるのだけれど
おれは此処で待つてゐなくてはならない

（中原中也「言葉なき歌」）

何をやつても間に合はない
世界ぜんたい間に合はない

（宮沢賢治「詩ノート　一〇九〇」）

それぞれの言をかりるなら「待つ」人と、「間に合はない」と焦れる人――とでも言ったらいいのか。

性急に言うなら、命の起源を、宇宙からそのまま持ち込んでいる二人、と言ったらいいのか。宇宙の全貌が問答無用にわかってしまっていて、その中心が何がなし……不幸、であることを知っている二人、と言ってしまえばいいのか。

それよ、私は私が感じ得なかつたことのために、
罰されて、死は来たるものと思ふゆゑ。

（中原「羊の歌」）

不幸、という言葉はもしかすると適当ではないのかもしれない。しかしここで否応なしに思い出すのは、大岡昇平の、中原ワークのモチーフとして有名なあの言葉である。「中原の不幸

は果して人間という存在の根本的条件に根拠を持っているか。人間は誰でも中原のように不幸にならなければならないものであるか(2)」。もしかすると大岡の言う「不幸」とは、こういうことを指しているのではなかったろうか。これは、現世における「不幸」である貧困や病、世に出られぬ苦悩、また、近代詩人がよくさされる後ろ指でもあり、萩原朔太郎が言うような、「最も悪い不幸である——怠惰や無職に対する「彼自身の良心」の苦々しい苛責(3)」、それともまったく遠い。

それがハッキリ分る時まで、現に可能な「充実」にとどまらう。
それまで私は、此処を動くまい。それまで私は、此処を動かぬ。
（中原「現代と詩人」）

頑固に待つ人とともにいる者は、永遠に自分の意思でなく、待つことの苦渋を強いられなければならない。ゴドーを待つヴラジミールとともにいる、エストラゴンのように(4)。思えば中原と関わりを持った人すべてがそうであった。

一方「あれ」という口ごもりの時間、それさえも、宮沢賢治は惜しかったのではないか。「世界ぜんたい間に合はない」——。

「あれ」とはしかしながら、中原が独自に命名した言葉ではおそらくない。中原は愛好する詩人を五人、昭和二年の日記に列挙しているが（岩野泡鳴、三富朽葉、高橋新吉、佐藤春夫、宮沢賢治）、読書記録にも佐藤春夫の短編小説や評論が頻出し、佐藤を愛読するさまが伺える。そのなかにエッセイ集ともいえる『退屈読本』がある。歌舞伎「勧進帳」評[5]あり、楠正成と正行の話[6]あり、高橋新吉評あり、ダダ評[7]あり、時代というものが書き込まれ、いかにこの本の関心のありどころが、中原の興味のつぼにはまったかがうなずける。なかで、「「風流」論」にはこれでもかというくらい「あれ」という語が登場する。

> 折ふしに我々のなか――心のなかでもない体のなかでもない、単に「我々のなか」といふ方が一層適切であると私は思ふが、その我々のなか――をあのやうに微妙に通り過ぎる「あれ」だ。
>
> 「あれ」！　私がいま子供のやうにしか口を利けないのを読者諸子は笑つてはいけない。言葉の王と名告る人があつても、その人が真に賢い人である限りは、我々の民族の詩魂に触れるあの一種の感情を描くためにならば、多分はきつと口を閉ぢるだらう。事実、我々の祖先のうちの幾多の天才も亦、結局は実に私が今こゝで言語に絶してゐるところの当の「あれ」を、如何にして的確に捕捉し如何にして端的に表現しようかといふその一念のために彼等の生涯を捧げたものである。[8]

これは言うまでもなく、「言葉なき歌」の発芽する土壌だろう。「心理的と個性的」など、中原の評論の文章は、佐藤の「散文精神の発生」の口吻、手触りによく似ている。佐藤の評論は衒学のにおいのしない直截なもので、人がひとりでいるときにどのようなものの考え方をするかがよくつたわってくる。中原が『退屈読本』を「面白し。愉快なり。」「佐藤春夫のいふことは、何だつて大抵賛成だ」と書く昭和二年一月、「精神哲学の巻」と題された日記を書いていた当時、中原は十九歳。貪欲に読書から文学を吸収していた時期である。そこに列挙された五人の詩人は、確かに勉強家の中原が熟読し、作品に影響の痕跡の明らかな詩人たちであるが、中原は宮沢賢治について、とりわけダイレクトなそれを隠そうとしない。なぜだろう。およそ詩人というもの、強烈な自我、オリジナリティを前面に出して唯一無二を標榜するのがふつうだろう。『在りし日の歌』という象徴的な題の第二詩集に、「永訣の秋」などというあからさまな章題を、なぜ付けたのだろうか。これもひとつの、亡き魂へのすり寄り方、交信の手段だろうか。

宮沢賢治と中原中也、この二人、やはり他とはどこか、何か違っている……。

先ほど書いたばかりだというのに、命の起源を、宇宙からそのまま持ち込んでいる二人……というのはあまりに安易な名辞転換で、言葉が違う気がするのだが、今の私には他の適切な言葉を見つけることができない。

たつた先達よ、自分の下駄を、これあどうしても僕のぢやないつていふのよ。』
（……）
――僕、つてあの人あたしの方を振向くのよ、
昨日三十貫くらゐある石をコヂ起しちやつた、つてのよ。
（……）
死ぬまへつてへんなものねえ……
（「秋」）

青い瞳は動かなかつた、
――いまは動いてゐるかもしれない……
（……）
あゝ、『あの時』はあゝして過ぎつゝあつた！
碧い、噴き出す蒸気のやうに。
（「青い瞳」）

下駄や石の思い込み。青い瞳。「あれ」、『あの時』。他にも無数に中原の詩に登場するこのような瞬間、宇宙の裂け目のようなものがよぎっていた。そう思う以外にどうしてこのような詩句が読めるだろう。

中原の晩年、鎌倉の妙本寺で、小林秀雄と散りしきる海棠を見るシーンは有名である。その

ときも、無言の二人の頸筋は、同じものに触れられていたはずだ。
中原中也は、書いたことがそのまま、自己の現実に起きてしまった人である。

●宇宙の機構悉皆了知。(9)

若気の至りの放言のような日記のなかの一言が、今、ことさらに響くのはなぜだろう。これを書きつけたのは昭和二年四月二十七日である。一方、同じ年の六月十二日、宮沢賢治はこんなことを書いている。

「わたくしは世界一切である
世界は移ろふ青い夢の影である」
などこのやうなことすらも
あまりに重くて考へられぬ
永久で透明な生物の群が棲む
（「詩ノート　一〇七四」）

東日本大震災の一通りが明らかになった或る日、私はちくま文庫、宮沢賢治全集3を開いていた。たまたま開いた短歌のページ、そこに連なる〔青びとのながれ〕という数首を、私は正視することができなかった。いま辛うじてここに引用できるのも二首にとどまる。

あゝこはこれいづちの河のけしきぞや人と死びととむれながれたり
青じろきながれのなかにひとびとはながきかひなをうごかすうごかす

その夜は、町の灯がすべて消え、それはみごとな満天の星空が眺められたという。それぞれの場所で、人々の眼は、銀河ステーションをふり仰いでいたのだろうか。宮沢賢治とは、自体がおおきな予言だった、と。

内に抱える宇宙の亀裂に向きあうとき、その深い失語を、詩人たちはどのように生きたのだろう。

（1）宮沢賢治「革トランク」より引用
（2）『中原中也』昭和四十九年、角川書店
（3）アフォリズム集「新しき慾情」44、「無職業者の悲哀」（大正十一年）。引用は『萩原朔太郎全集』4、昭和五十年、筑摩書房による。
（4）サミュエル・ベケット、岩切正一郎訳「ゴドーを待ちながら」、「悲劇喜劇」平成二十三年五月号
（5）『退屈読本』（初版大正十五年）「本郷座見物記」に、佐藤は「勧進帳」について、「グロテス

クにして野蛮なる模様の直線美。わが国古典劇中屈指のものと言ふもむべなるかな。徹頭徹尾、対照の手法をもつて終始し、乃ち雄勁なる調和を既成す。恐らくは世界的驚異に値する芸術なり。弁慶はまたわが国民の案出したる唯一の理想的超人なり。」という評を下しているが、中原は昭和五年の「我が生活（明治座に）」で、「明治座に吉右衛門の勧進帳がかかつてゐる、連日満員である」と電車のなかで人が話すのを聞き、本を売って見に行くことを書いている。引用は『退屈読本』上、冨山房百科文庫18、平成七年第七刷による。

（6）「詩的履歴書。——大正四年の初め頃だつたか終頃であつたか兎も角寒い朝、その年の正月に亡くなつた弟を歌つたのが抑々の最初である。学校の読本の、正行が御暇乞の所、「今一度天顔を拝し奉りて」といふのがヒントをなした。」（「我が詩観」『新編中原中也全集』4、平成十五年、角川書店）このように中原が詩を書き始めた原点には楠正行が関わる。

（7）「大正十二年春、（……）『ダダイスト新吉の詩』を読む。中の数篇に感激。」同右

（8）引用は（5）に同じ

（9）昭和二年の日記。『新編中原中也全集』5、平成十五年、角川書店

*宮沢賢治の引用は『宮沢賢治全集』ちくま文庫、昭和六十一年～平成七年による。

瞶《みは》る私の聴官よ　「朝の歌」と「かなしみ」

山口県山口市、中原中也記念館に、糸切り鋏と切り出し小刀を描いた小学校時代の図画がある。あの絵を初めて見たときの、言うに言われぬ衝撃を忘れることはできない。当時の図画教育が模写を原則として、今の児童画のような天真爛漫なものとは程遠いとしても、あくまで現物の持つ型に忠実であろうとする、まるで鴉口で引いたように鋭く、ストイックな線。「長男」の絵である。どんな作であれ、中原の詩の核にはあの線がある。

家庭にあって、男女を問わず「長子」に生まれるということは、そうでない者には永遠にわからない負荷があるもののようだ。近くに川があるのに、水死を恐れて水遊びを許されず、近所の子供と遊ぶことも禁じられていた中原医院の教育が特別のものであったことは周知だが、逆に両親の人一倍の期待、そしてそれに応える自己、というのは、第一子のみが味わえる蜜だろう。

「中原家累代之墓」と、墓石の文字を家族の見守るなかで一気に書き上げ、家族の賞賛と弟たちの尊敬の視線を浴びていたころ、少年中也が手にしていたのは短歌という定型詩だった。それは家族の過干渉をどうにかしようとする苦闘の型ではなく、許された玩具、むしろ互いに「婦人画報」に投稿し選を競う、母と共有の玩具だった。

　菓子くれと母のたもとにせがみつくその子供心にもなりてみたけれ

中原はのちに、文学志望を以て大変な反抗期を迎えるが、短歌はまだ、親離れとしての文学ではない。中也は久しく望まれた長子であった割に、次子、亜郎がすぐに生まれ、母の寵愛を独り占めできた期間は短かった。「母」——この世で初めて出会う他者、そして母への語りかけが子供の初めての発語であることを思うとき、中也にとっての短歌は、思春期前の長男と母の新たな蜜月を介したものだった。

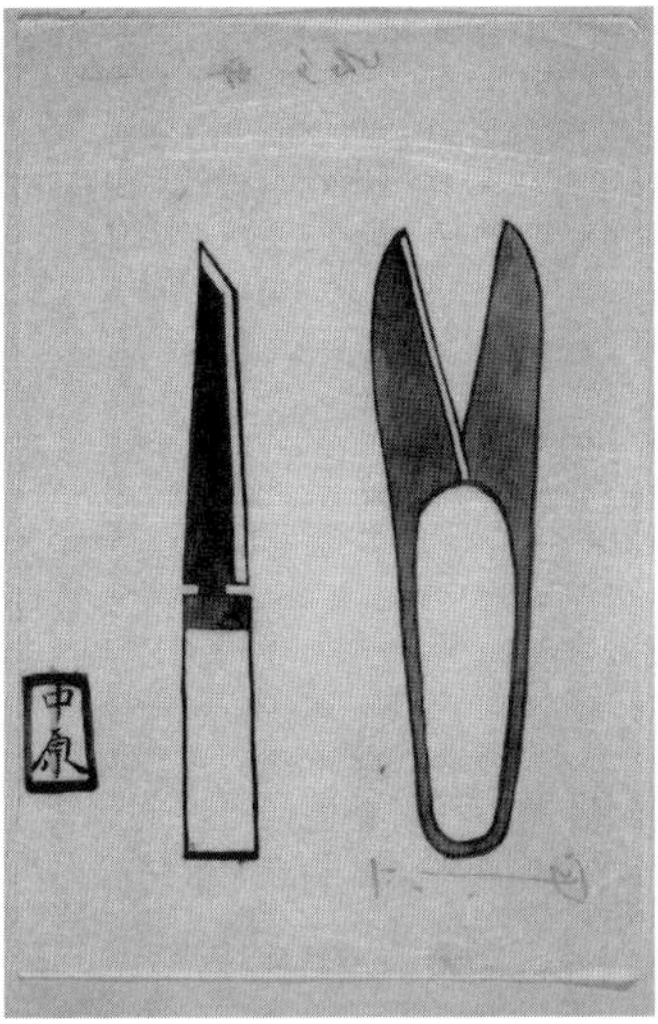

中也小学４年のときの図画（写真提供＝中原中也記念館）

　それにしても「息子」にとって「母」

とは何なのか。「長子」と同じく、その関係に無縁のものには想像を出ないが、どうやら異性の子にとって、母とは問答無用の絶対であり、それゆえ心理的な恥部、普遍的な禁忌であるらしい。母の眼が年少の子へ向きがちなのと反対に、父の盲目的な期待は変わることなく長子に向く（中原自身が二人の子供、文也、愛雅に対してそうである）。中原の詩には、「父」「慈父」が多く登場するのに、「母」という語は、たとえば三好達治の「乳母車」のような、直截的な求愛の形で使われることは絶えてないのである。

母君よ涙のごひて見給へなわれはもはやも病ひ癒えたり

中原は晩年に、入院中の千葉寺で、母へのメッセージとして右の短歌を書いているが、それはかつて短歌の出来を競った母子の歴史と分けては考えられないものだ。短歌は母への、最も通じやすい言葉だった。中原の詩には最期まで五七・七五調が消えないが、それは日本語の生理に呪縛されているという批判、リズム論議とは別に、捨てきれぬ〈母子の聖域〉としてある。

七・五音に限らず、〈型〉というものは、中原の詩が独白に終わらず他者への回路を得ようとするとき、否応なく立ち現れてくる。親離れと重なる形で手にしたのはダダによる破格語法だったが、それが中原の底にある〈型〉の感覚と結びつくことにより、ダダとは遠い規則性を持つこととなったのは、「ダダ音楽の歌詞」に見られるとおりである。これはダダ時代の詩の代表作と言われているが、詩語に韻が踏まれ、破格・破壊を旨とするダダイズムを標榜するとは思えぬ整った作だ。

ウハキはハミガキ
ウハバミはウロコ
太陽が落ちて
太陽の世界が始つた
(……)
オハグロは妖怪
下痢はトブクロ
レイメイと日暮が直径を描いて
ダダの世界が始つた

中原が肉親に通じる短歌を離れ、ダダの奔流や、富永太郎により知った散文詩に呑まれながらも、それに染まりきれずにいたときつかまった流木が、ソネットという〈型〉であった。中原は成長したヤドカリが大きな貝に住み替えるように、すでに蒲原有明をはじめとする近代詩人たちにより試みられていたヨーロッパの伝統詩型十四行に依った。

天井に　朱《あか》きいろいで
　戸の隙を　洩れ入る光、
鄙びたる　軍楽の憶ひ
　手にてなす　なにごともなし。

小鳥らの　うたはきこえず
　空は今日　はなだ色らし、
倦んじてし　人のこころを
　諫めする　なにものもなし。

樹脂の香に　朝は悩まし
　うしなひし　さまざまのゆめ、
森竝は　風に鳴るかな

ひろごりて　たひらかの空、
　土手づたひ　きえてゆくかな

うつくしき　さまざまの夢。

（「朝の歌」）

大正十五年五月、「朝の歌」を書く。七月頃小林に見せる。それが東京に来て詩を人に見せる最初。つまり「朝の歌」にてほゞ方針立つ。方針は立つたが、たつた十四行書くために、こんなに手数がかゝるのではとガツカリす。

（「詩的履歴書」）

「朝の歌」には、〈型〉にこだわり彫心鏤骨した努力のあとが露出しているが、その端正さに感じ入りはしても、人を面白がらせる遊びや余裕、意外性とは遠く、小学校時代のあの図画のストイックな線と直結している。これを以て自らの詩の出発点とする考え方、「たつた十四行書くために、こんなに手数がかゝるのではとガツカリす」と、苦労して端正な〈型〉に持ち込んだ自己に対する評価には、長男的優等生気質といった中原の一面が表れてはいないか。「中原中也的」という言葉が、今や読者の間で共通するイメージ（たとえばわざと外したお道化調、正調に対するデフォルメ、歌謡調など）を持ち、中原でなくては書けない作品をさす符牒として通じるならば、「朝の歌」はそこからは少し離れたところにある作品だろう。

「朝の歌」の表現がストイックに思えるのは、それがすべて、いわば「見せ消ち」の繰り返しだからだ。「見せ消ち」とは、本来は「写本などの字句を訂正する時、もとの字句が読めるよう消す方法。其の字句の上に細い線を引いたり、傍点をつけたりする」（『明鏡国語辞典』）ことだが、中原は表現しておいて、すぐにそこに細い線を引くように「失う、消える」と否定し消し去る。書かれたことが直後に作者に否定される繰り返し。

「手にてなす　なにごともなし。」「小鳥らの　うたはきこえず」「人のこころを／諫めするなにものもなし。」「うしなひし　さまざまのゆめ、」「土手づたひ　きえてゆくかな」「なし」「〜ず」「きえる」――このマイナスわざにより、「朝の歌」が残すのは、次々と、現れては消されていったものの残像に、もの憂く反応するけだるさである。この手法は「初期詩篇」に多く現れ、この時期の詩に、負のエネルギーという特異の緊張を持たせている。このような「〜ない」の表現は、次に見るように枚挙にいとまがない。

「吁！　案山子はないか――あるまい／馬嘶《いなな》くか――嘶きもしまい」（「春の日の夕暮」）「あゝこともなしこともなし」「希望はあらず、さてはまた、懺悔もあらず。」「祖先はあらず、親も消《け》ぬ。」（「春の夜」）

「神もなくしるべもなくて」（「臨終」）

「建築家の良心はもうない。」「私は錫と広場と天鼓のほかのなんにも知らない。」「軟体動物のしやがれ声にも気をとめないで、」（「秋の一日」）

「――失はれたものはかへつて来ない。」「なにが悲しいつたつてこれほど悲しいことはない」

「――竟に私は耕やさうとは思はない！」（「黄昏」）

さて、中原の自己評価を含めて、作品としての「朝の歌」を考えるとき、気にかかる作品が未刊詩のなかにある。「四季」昭和十二年二月号に発表された「かなしみ」である。


白き敷布のかなしさよ夏の朝明け、なほ仄暗い一室に、時計の音《おと》のしじにする。

目覚めたは僕の心の悲しみか、世に慾呆けといふけれど、夢もなく手仕事もなく、何事もなくたゞ沈湎の一色に打続く僕の心は、悲しみ呆けといふべきもの。

人笑ひ、人は囁き、人色々に言ふけれど、青い卵か僕の心、何かかはらうすべもなく、朝空よ！　汝《なれ》は知る僕の眼《まなこ》の一瞥を。フリュートよ、汝《なれ》は知る、僕の心の悲しみを。

朝の巷や物音は、人の言葉は、真白き時計の文字板に、いたづらにわけの分らぬ条《すぢ》を引く。

半ば困乱しながらに、瞶《みは》る私の聴官よ、泌みるごと物を覚えて、人竝に物え覚えぬ不安さよ、悲しみばかり藍の色、ほそぼそとながながと朝の野辺空の涯まで、うちつづくこの悲しみの、なつかしくはては不安に、幼な児ばかりいとほしくして、はやいかな生計《なりはひ》の力もあらず此の朝け、祈る祈りは朝空よ、野辺の草露、汝等《なれら》呼ぶ淡《あは》き声のみ、咽喉《のど》もとにかそかに消ゆる。


ここに描かれた情景は、「朝の歌」によく似ている。この詩は「散文詩四篇」として「郵便局」「北沢風景」「幻想」とともに「四季」昭和十二年二月号の発表であるが、当時の中原は長子文也を亡くし打撃を受けており、旧稿を渡したものとみられ、旧全集2では昭和五〜七年の作品群に配列されている。同巻解説で大岡昇平は「「かなしみ」は「朝の歌」より前かもしれない」と留保をつけている。

この二篇と、旧全集における推定を前に、私は長い間立ち止まっていた。この推定のように「かなしみ」を「朝の歌」以前とすると、大正十五年以前、つまり十年以上も前の旧稿ということになる。中原は十年もあとになって、「朝の歌」のラフデッサンのような作を取り出したのだろうか。「かなしみ」からは、白い敷布や時計の音、フリュート、時計の真白い文字板というディテールが立ち上がってくる。中原は、ここにある、今読むとむしろ「朝の歌」よりはるかに清新なものを切り落として、「朝の歌」という盆栽をつくったのか？

あの「見せ消ち」は、切り落とし切り落としする精神の在りようを反映していると読めるのか？ 同時発表のほか三篇「郵便局」「北沢風景」「幻想」がエッセイ風であるのにくらべ、「かなしみ」はほとんどが五音と七音で構成され、完璧な口語でもなく、散文詩というよりむしろ長歌のような印象がある。「朝の歌」はそれに対する反歌のように書かれたのか？ そうであるなら、削除されたものの豊かさに、逆に、名作と言われる「朝の歌」、中原の正調への〈型〉の意識が浮かび上がるだろう。

「かなしみ」「朝の歌」を、同じく初期の散文詩「或る心の一季節」と並べてみると、その自由の不快を、私は私の唯一つの仕事である散歩を、終日した後、やがてのこと己が机の前に帰つて来、夜の一点を囲ふ生暖き部屋に、投げ出された自分の手足を見懸ける時に、泌々知る。

（「或る心の一季節」）

手にてなす　なにごともなし。

（「朝の歌」）

ここには「手」という詩語にまつわる無為、無力の感覚が共通しており、

掛け置いた私の置時計の一秒々々の音に、茫然耳をかしながら

（「或る心の一季節」）

なほ仄暗い一室に、時計の音《おと》のしじにする。

（「かなしみ」）

ここにも時計の音に反応する同じような神経の尖り方がある。

「かなしみ」を初期の作とすることにこのような根拠を探し、ひとりディベートのようなことをしつつ、それでも私は「かなしみ」は「朝の歌」の当世風バリエーションとして書いた、の

ちの時期の作なのではないかという感じから抜け出せないでいた。この作品は生原稿は残っておらず、雑誌発表の形でしかテキストがないのだが、活字でしか作品を知り得ない一読者にとって、直筆を介して作者と向き合い、かつ中原の生前を知る大岡昇平による、全集解説に非を唱えるなど軽々にできることではなかった。編集の過程で創作ノートに接している眼には、おそらく問答無用なものがたくさん映っているだろう。作者の遺品や直筆に接したとき、そこから受け取るメッセージの豊富さの前には、活字の前のどんな考察も無力に思えることがあるからだ。

これについて、新編全集では、「朝の歌」以前はなくなり、「かなしみ」はのちの作であろうと推定が改められている。さらに「幼な児ばかりいとほしくして、はやいかな生計の力もあらず此の朝け」の部分について、初期の作とすると大正十五年にはまだ中原の周りに子供がいないことや、長谷川泰子の子供・茂樹の存在を考慮した上で、成立時期に昭和六年から十一年十一月まで最大限の幅をとった考察がされている。

中原の詩には初期から、他の詩人に比べてもともと「乳児」「小児」の登場が多い。「かなしみ」を初期の作とすることに持った大きな違和は、詩作品として「朝の歌」よりはるかに豊かなのではないか、ということとともに、ここに出てくる「幼な児」が、初期の抽象的キャラクターとはまったく異なることにあるだろう。「かなしみ」には、妻子持ちとして生活が整い、おそらくは糊のきいた「白い敷布」に目覚める日々を送りながら、「夢もなく手仕事もなく」、それを支える「いかな生計の力もあらぬ」我が身への二重の嘆息が、世帯臭のない透明な言葉で描かれている。そのわきに寝息をたてる「幼な児」は、自身が養い育てるべき我が子以外ではあるまい。「或る心の一季節」の〈朝〉がアルコールと議論、若い交友の疲労を滲ませ、「朝の歌」が、独身者の孤独な目覚めの物憂さを思わせるに対し、「かなしみ」は家族持ち、一家の主の「今では女房子供持ち／思へば遠く来たもんだ／此の先まだまだ何時までか／生きてゆくのであらうけど／（……）／何だか自信が持てないよ」（「頑是ない歌」）につながる、後期の中原のリアルな生活感に根ざしている。ここには生活者としての、あるべき〈型〉との齟齬を、苦く見つめる中原がいる。

さらに、平成十一年に発見された「療養日誌[1]」中、昭和十二年一月二十六日の記述に注目すべき用語がある。

　結局、此度の私の病気を自身省みてみますに、「慾呆け」といふ言葉がございますけれど私のは「悲しみ呆け」だと思ふのでございます。（……）その「悲しみ呆け」が、入院して以来、殊に此の三四日来余程快方に向ひまして、今や亡き子の面影が思ひ浮んでも、そぞろにかなしむといふ、われながら男々しい態度が出来ると存ぜられます。

この「慾呆け」「悲しみ呆け」は独特の、「かなしみ」に見られるのと同じ自己認識である。

これはこの二つの成立時期が離れていないことを示しているだろう。つまり「かなしみ」は、文也存命中としても発表時に近い成立であるか、あるいはこの時期、雑誌に送ることで推敲した詩の言葉がそのまま病床の表現に投影した、昭和十一〜十二年初めごろの中原の心境を映すものと思われてくる。

「かなしみ」の、

朝の巷や物音は、人の言葉は、真白き時計の文字板に、いたづらにわけの分らぬ条《すぢ》を引く。

新編全集1解題で「心を傷つけるもの」と解されている「条《すぢ》」は、私にはそうは限定されず、詩の中に映像を広げるものとして重いキーワードである。中原の他の類似の用例「黒雲空にすぢ引けば、」（「この小児」）「崖の上の彼女の上に／精霊が怪しげなる条《すぢ》を描く」（「深夜の思ひ」）とともに、ここからはくっきりと、眼に見えるラインが立ち上がってくる。それはまた、形態により用字の異なる「月」（『山羊の歌』）において、「おまへの劊手を月は待つてる」の「劊手」を『山羊の歌』掲載通り「傷つける手」と考えた場合、[2] 月、時計の文字板という、〈かたち〉あるものにつける引っかき傷のようなライン、抽象模様のようなイメージともつながるだろう。中原の持つこのような映像・ヴィジュアル性は大きな魅力である。さらに、

半ば困乱しながらに、矑《みは》る私の聴官よ、泌みるごと物を覚えて、人竝に物え覚えぬ不安さよ、

「矑《みは》る私の聴官よ」――このような表現を、ほかのどの詩人が使うことができたろう。ここには、かの「ゆあーん　ゆよーん　ゆやゆよん」（「サーカス」）や、「それに陽は、さらさらと／さらさらと射してゐるのでありました。」（「一つのメルヘン」）――ブランコの揺れや陽ざし、視覚が捉えたものの音声化、という、中原特異のメカニズムが余すところなく表されている。中原の詩を読むことの楽しさは、未刊の詩のなかにこのような原石や金鉱がいくつも見つかることである。それは時に、人口に膾炙された〈名作〉さえ、書割のように平板に見せる。

ところで、「ゆきてかへらぬ」（昭和十一年十一月）など、中原はこの時期、どうしてまとめて散文詩を発表したのだろうか。これは当時の「四季」編集者であった神保光太郎の方針も多少関わるかもしれない。昭和十二年一月号の編集後記には、「今年は詩人たちがきつといろいろな意味で、さまざまの作品を示して行くことであらうと思ふ。抒情詩ももつと複雑に変貌するだらうし、散文詩や小説的叙事詩もあらわれてくるだらう。」と述べ、十二年二月号の座談会では、「形式的に見て現代詩はもつともつと混沌として来るのがいいと思ふ。詩的精神さえ強烈であれば、自由詩であれ、散文詩であれ或ひは小説を書いてもかまはんだらう。」と発言

している。これらの発言は、明確なエコールの意識を持たずに抒情という背骨だけを共有する、もともとは堀辰雄の創刊した「四季」の面目躍如の感がある。十二年一月号（「かなしみ」の発表される前月）には、萩原朔太郎も次のような散文詩を寄せている。

臥床の中で（散文詩）

臥床の中で、私はひとり目を醒ました。夜明けに遠く、窓の鎧扉の隙間から、あるかなきかの侘しい光が、幽明のやうに影を映して居た。それは夜天の空に輝いてる、無数の星屑が照らすところの、宇宙の常夜燈の明りであつた。

私は枕許の洋燈を消した。再度また眠らうと思つたのだ。だが醒めた時の瞬間から、意識のぜんまいが動きだした。ああ今日も終日、時計のやうに休息なく、私は考へねばならないのだ。そして実に意味のない、愚にもつかないことばかりを毎日考へねばならないのだ。私はただ眠つて居たい。牡蠣のやうに眠りたいのだ。

黎明の仄かな光が、かすかに部屋を明るくして来た。小鳥の唄が、どこかで早く聞え出した。朝だ。私はもう起きねばならぬ。そして今日もまた昨日のやうに意味のない生活《らいふ》の悩みを、とり止めもない記録にとつて、書きつけておかねばならないのだ。そうして！ああそれが私の「仕事」であらうか。私の果敢ない「人生」だらうか。(3)（……）

中原の、先に見た諸作との類似に驚くが、発表時期からいって、すぐ翌月に掲載された「かなしみ」とのあいだに影響関係はない。「朝の歌」との関連も考えにくいだろう。しかし偶然、二人の詩人によるこのような〈朝〉を、「四季」の読者は一月二月と続けて読んだのである。

（1）「ユリイカ」平成十二年六月号、『新編中原中也全集』5、平成十五年、角川書店

（2）この詩は『山羊の歌』では「劊手《そうしゆ》」で傷つける手の意。再出「日本歌人」では「劊手《かいしゆ》」で首切り役人の意。『中原中也全集』1編注、昭和五十一年、角川書店。『新編中原中也全集』1解題篇、平成十二年、角川書店

（3）『萩原朔太郎全集』2、昭和六十一年、補訂版一刷、筑摩書房

灼けた瞳は動かなかつた

夢のゆくえ、立原道造

中原中也の、そして立原道造の詩を読んでいると、雑歌、挽歌、相聞……という和歌の部立てを思い出す。中原は八歳ごろ、亡き弟を歌った経験を詩の出発点とし、結婚したばかりの時期に死後の魂となって自らの「骨」を見、子供を持って慈しみながら、その詩に「死児」を跳梁させる。のちの子供の死、本人の早世と合わせると、言葉にしたことは必ず現実になるという言霊信仰を思わせるほど、その詩は不吉な予言めいたものに満ちている。『在りし日の歌』の詩人は、挽歌の詩人である。

立原道造の、脳裏に浮かぶ一節が果たして何という題の詩だったか、思い出すのは難しい。『萱草に寄す』の一章、「SONATINE No.1」には、「はじめてのものに」「またある夜に」「晩《おそ》き日の夕べに」「わかれる昼に」「のちのおもひに」――と、五つの詩すべてに「～に」という題がつけられている。いま改めてこの五つの題を見、その詩を読むとき、私はこの「～に」をすべて、それぞれのものに向けた献辞として読んできたことに気づかされる。それらは厳密には「動作、作用の行われる時」、あるいは「目的、対象」を示す、など区別して読むべきものであろうが、立原の詩では、そのどれもが「時」としても「もの」としても、ある限定、具体性を感じさせないために、およそ何らかのリアリティを持って記憶されないのである。詩の内容と題は、緊密な関係にあるものだが、立原は敢えてそれを持たせない。その詩は、自分の生の時間、空間を、ソネットという箱に入れ、リボンをかけて、それぞれの「あわい」に向けて捧げた相聞歌のようだ。

立原が詩作の方法として、古今の作からの「本歌取り」を好み、中原の作からも発想を得ていることは、これまで何篇かについて指摘されてきている。(1)「本歌取り」が、本歌と自己の詩心との交信、深いところでの「相聞」であることを思うとき、その作には両者の交響の在り方が見えるだろう。

立原に、「ふるさとの夜に寄す」（執筆想定昭和十一年秋〜十二年三月）という詩がある。

やさしいひとらよ　たづねるな！
——なにをおまへはして来たかと　私に
やすみなく　忘れすてねばならない
そそぎこめ　すべてを　夜に……

いまは　嘆きも　叫びも　ささやきも
暗い碧の闇のなかに
私のためには　花となれ！
咲くやうに　にほふやうに

この世の花のあるやうに
手を濡らした真白い雫の散るやうに――
忘れよ　ひとよ……ただ！　しばし！

とほくあれ　限り知らない悲しみよ　にくしみよ……
ああ帰つて来た　私の横たはるほとりには
花のみ　白く咲いてあれ！　幼かつた日のやうに

この詩の冒頭部分「やさしいひとらよ　たづねるな！／――なにをおまへはして来たかと私に」は、中原中也の「帰郷」最終連、「あゝ　おまへはなにをして来たのだと……／吹き来る風が私に云ふ」に影響をうけたものと言われている。(2)

これが私の故里《ふるさと》だ
さやかに風も吹いてゐる
　　心置なく泣かれよと
　年増婦《としま》の低い声もする

あゝ　おまへはなにをして来たのだと……
吹き来る風が私に云ふ

ところでこの最終連二行は、「四季」昭和八年季刊夏号では次のような四行の形であった。

庁舎がなんだか素々《しらじら》として見える、
それから何もかもがゆつくり私に見入る。
　あゝ何をして来たのだと
　吹き来る風が私に言ふ……

この連は、中原にこの詩の初稿（現存せず）の作曲を依頼された内海誓一郎が、「硬い言葉や、擬声語に近い音に旋律を付けるのが嫌だった」という理由で、作曲の都合上、はじめの二行を削り、[3]中原がそのままの形で『山羊の歌』に収録したものである。それが、『山羊の歌』の印刷より時間的にあとになる「四季」掲載時に復活した。[4]この形を見た上で、同じく「故郷」をテーマに置いた、立原の次の詩を見てみよう。

ゆさぶれ　青い梢を
もぎとれ　青い木の実を
ひとよ　昼はとほく澄みわたるので
私のかへつて行く故里が　どこかにとほくあるやうだ

何もみな　うつとりと今は親切にしてくれる
追憶よりも淡く　すこしもちがはない静かさで
単調な　浮雲と風のもつれあひも
きのふの私のうたつてゐたままに

弱い心を　投げあげろ
噛みすてた青くさい核《たね》を放るやうに

ゆさぶれ　ゆさぶれ

ひとよ
いろいろなものがやさしく見いるので
唇を噛んで　私は憤ることが出来ないやうだ　（「わかれる昼に」、「四季」昭和十一年十一月号）

立原の詩の生成を思うとき、私はこの最終連に眼をひかれずにはおれない。「ひとよ／いろいろなものがやさしく見いるので」は、先の「帰郷」の削除された二行、「それから何もかもがゆつくり私に見入る。」に触発されたものではないだろうか。当時「帰郷」を、最終連四行の形で読むことができるのは、昭和八年の季刊「四季」夏号だけであった。この「四季」は堀辰雄の構想、編集により、フランスでヴァレリーやランボオの出していた「Commerce」に倣うcahier（雑記帳）として創刊した二号目である。中原は小林秀雄の薦めにより詩を送り、掲載されている（「千葉寺雑記」）。立原は言うまでもなく堀辰雄の側近、愛弟子であり、この「四季」を読んだこと、この形の「帰郷」に接したことは疑えない。さらに、最終行の「唇を噛んで　私は憤ることが出来ないやうだ」――。唇を噛む、というようなある種の肉感を持つ語は、立原の書簡にこそ散見するが、植物性の立原の詩語には珍しい。

季刊「四季」夏号に掲載された中原の詩は三篇ある。そのなかの「少年時」、後半を見よう。

夏の日の午過《ひる》ぎ時刻
誰彼の午睡《ひるね》するとき、
私は野原を走つて行つた……

私は希望を唇に噛みつぶして
私はギロギロする目で諦めてゐた……
噫、生きてゐた、私は生きてゐた！

（「少年時」）

先に見た立原の一行、「唇を噛んで　私は憤ることが出来ないやうだ」は、右の詩を想起させないだろうか。さらに同じ「四季」掲載の、中原三篇目は「逝く夏の歌」という題であるが、立原の詩には「逝く昼の歌」という酷似した題の詩がある（拾遺詩篇）。かつ、その詩が発表されたのは先に見た「わかれる昼に」の前月、「四季」昭和十一年十月号なのである。

これは単なる偶然だろうか。このあたりの時期の詩を創作する立原の座右に、「四季」昭和八年夏号、そこに掲載された中原の詩三篇があったのではないか。

似ている、と言われるのは、おそらく詩人にとっては、たいへんに嫌なものである。しかし、ここでも立原は、それを自らの方法として愉しんでいるかに見える。

故郷をうたった「わかれる昼に」の他の部分を見ると、「ゆさぶれ　青い梢を／もぎとれ　青い木の実を／弱い心を　投げあげろ／嚙み捨てた青くさい核《たね》を放るやうに　ゆさぶれ　ゆさぶれ」――緊迫した破壊衝動がこみ上げていて、この表現も立原には珍しいが、のちには昭和十二年七月の「鮎の歌」にも再び、「熟れない木の実であつても投げあげろもぎとれもぎとれ」と出てくる。別れの感傷、自己の未熟さ、若さを呪い厭わしく思う、立原の感情の核にあるもののようだ。しかし立原の詩にあって、このような強い言葉が一貫して書かれることはない。このインパクトを、立原は「うつとりと今は親切に」「追憶よりも淡く　少しもちがはない静かさで」「いろいろのものがやさしく見いるので」というような、一般的な「帰郷」「故郷」というものの漠とした安らぎ、癒しの真綿で、たちまち包み隠そうとする。生な表現、感情の流露を一度フィルターで包み込む、それが立原の詩の世界に、まるで水槽越しの眺めのような陰影を与えてもいるのだが、立原のような東京生まれの者にとって、こと「故郷」をテーマにするとき、「町の人間はそうである以外ではありえないのだ」[5]――同じ府立三中出身の芥川龍之介や堀辰雄がとったと同じ、本歌取りの方法をかりる他はなかった。三好達治はこの詩について、次のように述べている。

立原の詩は、それまでのいろんな詩人がきり開いた世界から、敏感な彼が彼の好みで選りすぐつて身につけた、さういふ語彙と語法とに、彼の若々しい青春をうちこんだ、そんな珍らしい出会ひの上に成立つてゐる。（……）「ゆさぶれ　青い梢を／もぎとれ　青い木の実を」といふ、この事象とも比喩ともつかない二行にも、彼の技法はゆきとどいてゐて、繊細な心理的用意がかくれてゐる。「昼はとほく澄みわたるので」それをうけて、そのうけとり方に既にかくれた必然性のひそんでゐるところから、読む者の心は何か微妙な世界にひき入れられるのを覚えるだらう。そこで、もはや読む者は論理を忘れる。（……）どこかに自分の帰つてゆく故里があるやうだ、と奇妙なことをいひ出した詩人は、そこでもう一度それに重ねて、「唇を噛んで　私は憤ることが出来ないやうだ」と奇妙な感想を繰りかへすが、全く不連続なこの二つの感想が、微妙に噛み合つて呼応する。何だかそこに隙間のありさうな具合まで、反つてその密接して離れない証拠のやうな効果になる、言葉の魔術がそこにある。[6]

たどりやすい文章ではないのだが、この評はおそらく当たっている。というより、堀の側近として「四季」に深く関わっていた三好は、立原の詩を見透かしている。「わかれる昼に」が、連どうしの結びつきに必然を感じさせず、つぎはぎのパッチワークを見るようであるのは、ひとつの方法の結果なのだ。本歌取り、その方法を意識的に取るとき、その本歌と作品の関係は真似でも剽窃でもない。しかしその工夫の面白さは、本歌を知っていてこそであることは言うまでもない。

立原はここで「故里」というものを中原の詩からくみ上げ、自分のそれを映し出す鏡とし、みずからの詩の拠って立つ「はかなさの美」に鍛え上げている。本来、故郷とは不可避の何ものかであるわけだが、立原にとっての軽井沢、追分は、選択された風土、抽象化された故郷であり、自分を拒むことも、また特別の思いで迎えることもない。この詩はそうした、ある種の空虚、そして確かな根を持たぬ植物の未成熟感、焦燥をあらわすものだろう。中原にとっての「心置なく泣かれよと／年増婦《としま》の低い声もする」「何もかもがゆっくり私に見入る」「故里」とは、実は立原が思うような甘美なものではないのだが、それは当時、中原の個人史を知らぬ立原の与り知らぬことである。

また、立原の「失はれた夜に」と、中原の「青い瞳」にも、本歌取りの関係がすでに指摘されている。まずは本歌とみなされる「青い瞳」を見てみよう。

かなしい心に夜が明けた、
　うれしい心に夜が明けた、
いいや、これはどうしたといふのだ？
　さてもかなしい夜の明けだ！

青い瞳は動かなかつた、
　世界はまだみな眠つてゐた、

さうして『その時』は過ぎつつあつた、
　あゝ、遐い遐いい話。

青い瞳は動かなかつた、
　――いまは動いてゐるかもしれない……
青い瞳は動かなかつた、
　いたいたしくて美しかつた！

私はいま此処にゐる、黄色い灯影に。
　あれからどうなつたのかしらない……
あゝ、『あの時』はあゝして過ぎつゝあつた！
　碧い、噴き出す蒸気のやうに。

「青い瞳」は「四季」昭和十年十二月号初出、この詩を本歌とするらしい立原の詩はその半年後、「四季」昭和十一年六月号で、初出は次のようなものであった。

或る不思議なよろこびに

戸の外の、寒い朝らしい気配を感じながら
私はおまへのやさしさを思ひ……
——中原中也の詩から

灼けた瞳が　灼けてゐた
青い眸でも　茶色の瞳でも
なかつた　きらきらしては
僕の心を　つきさした。

泣かそうとでもいふやうに
しかし　泣かしはしなかつた
きらきら　僕を撫でてゐた
甘つたれた僕の心を嘗めてゐた。

灼けた瞳は　動かなかつた
青い眸でも　茶色の瞳でも
あるかのやうに　いつまでも

灼けた瞳が　叫んでゐた！
太陽や海藻のことなど忘れてしまひ
僕の心に穴あけて　灼けた瞳が　燻つてゐた
（初出引用）

このエピグラフから、この詩が中原を意識して書かれたことは明らかである。ここに引かれている詩の本歌は『山羊の歌』所収の「無題」である。

こひ人よ、おまへがやさしくしてくれるのに
私は頑なで、子供のやうに我儘だつた！
目が覚めて、宿酔の厭ふべき頭の中で、
戸の外の、寒い朝らしい気配を感じながら
私はおまへのやさしさを思ひ、また毒づいた人を思ひ出す。

さらに立原の詩が「四季」に掲載される少し前の時期（四月ごろ）、立原の「一九三六年手帳」には、ここから引用した次の記述がある。

或る不思議なよろこびに――
戸の外の、寒い朝らしい気配を感じながら
私はおまへのやさしさを思ひ、また毒づいた人を思ひ出す

――中原中也

ここには中原の詩がそのまま書きとられており、立原が詩に至る以前のインスピレーションを書きとめたメモと考えるのが自然だろう。この少し前の三月二十六日、「四季」同人会で、中原と立原は同席しているが、堀辰雄によれば、両者につぎのようなやりとりがあったようだ。

数年前、はじめて「四季」の同人会があつたとき、中原中也君はすこし酔ひながら、初対面の立原道造君をつかまへて「やい、ガボリイ……やい、ガボリイ……」と呼んではしきりにからまうとしてゐた。おとなしい立原君はただもうびつくりしてゐたやうだつた。――それから数日後、立原君は僕のところに来て、はじめてジョルジュ・ガボリイの詩集を見ながら、「なあんだ、ガボリイつて随分好い人なんですね」と安心したやうに言つてゐた。かう立原君が素直では、さすがの中原中也も顔負けである。(7)

こうしてみると、「或る不思議なよろこびに」は、立原が中原に対する印象記を、中原の詩に応えるような形で書いた、いわば「あひみてののちの」ではないかと思われてくる。

この詩はのちに『暁と夕の詩』に収められる際に「失なはれた夜に」と改題され、エピグラフの削除、又、最終連改稿など、手を入れられている。初出と『暁と夕の詩』の異同は次のようなものである。

或る不思議なよろこびに　（エピグラフあり）

灼けた瞳が　叫んでゐた！
太陽や海藻のことなど忘れてしまひ
僕の心に穴あけて　灼けた瞳が　燻つてゐた

（初出最終連「四季」昭和十一年六月号）

VI　失なはれた夜に　（エピグラフなし）

灼けた瞳は　しづかであつた！
太陽や香のいい草のことなど忘れてしまひ
ただかなしげに　きらきら　きらきら　灼けてゐた

（『暁と夕の詩』昭和十二年）

初出エピグラフでは、「一九三六年手帳」メモにあった「また毒づいた人を思ひだす」のような激しい詩句が「……」として削除され、さらに詩集では、エピグラフ全部が削除され、中原の影を消す推敲がなされている。それにより、初出が詩として持っているリアリティが、またも「美しくはかなげ」という立原の詩の公分母に持っていかれるのが見てとれる。

立原の中原中也論「別離」⑧を読むと、立原の目がいかに周到に、中原の詩全体にわたりイメージをすくい取っていたか、つまりは熟読していたかに驚かされる。ここには立原にとって、中原のどんな面が訣別の臨界であったかが見える。立原は「汚れつちまつた悲しみに……」全文を引用して次のように評する。

この詩集の深さは、詩人の傷の深さほどと言ふ。つまり復讐のはげしさ。何かしらこの世は気にいらない。しかし、そのなかに寝ころんでしまつた。あなたの「汚れつちまつた悲しみ」。僕はこの涙の淵の深さに反発する。（……）これは「詩」である。しかし決して「対話」ではない。また「魂の告白」ではない。このやうな完璧な芸術品が出来上るところで、僕ははつきりと中原中也に別離する。詩とは僕にとつて、すべての「なぜ？」と「どこから？」との問ひに、僕らの「いかに？」と「どこへ？」との問ひを問ふ場所であるゆゑ。僕らの言葉がその深い根源で「対話」となる唯一の場所であるゆゑ。

立原の、この詩の詩語、リズム、詩型に対する大きな違和――激しく生な言葉を包み、削り、朧化しながら詩を精製していく立原にとって、「汚れつちまつた」という発語、江戸弁ともつかぬ一種独善的なシンコペーションと七五調の、完成されたようで反面、平面的ともいえる四行四連での繰り返し――立原はここに、原石がそのままの迫力で、非洗練ゆえに完結しているような、あるいは野暮を売り物にしているような露悪的なものを感じたのではないか。多くの近代詩人たちと同じように短歌から出発しながら、立原の詩には五七、七五調がまったくといっていいほど残っていない。立原が暗に指摘する、内へ内へととぐろを巻いてゆく閉塞性は、届かないもの、去ってしまった人、過ぎてしまった時への挽歌を歌い続けた中原の詩の大きな要素である。「対話」を拒む場所――。私はこの「別離」を読むと、のちに「冬の長門峡」について、中原が受けることになった有名な評を思い出さずにはおれない。

この長門峡には水は流れてはいない。ここにはなにかが凝りついているだけで、一種のかなしい妄執めいたものが横たわっているのである。(……)この作品は決してすぐれた作品ではない。なにか極めて個人的なものに蝕ばまれたおそろしく不健全な詩作品である。(9)

篠田一士の評論「傍役の詩人中原中也」は、大岡昇平の『朝の歌』の書評として昭和三十四年に書かれ、「中原中也は小林秀雄と河上徹太郎のふたりを主役とする現代文学の一大ドラマの傍役に過ぎない」と、随分評論家寄りに論じたもので、それに大岡が反論を書くなど、大きな注目を浴びたものであるが、その当否はすでにその後の、詩人中原中也の評価を以て「否」であることが証明済みだろう。しかし、「冬の長門峡」の作品評としては、この詩が愛児文也を亡くし神経衰弱になり、中村古峡療養所に入院するまでの間に書かれた、という背景を別にしても大きく的をはずしたものではない。〈かなしみの底に寝転んで歌う〉という点を突いた、中原評の歴史脈の稜線上にあるものだろう。

さて、立原が「別離」で述べていることは、例えば次のような実作に見ることができよう。

深夜　もう眠れない
寝床のなかに　私は聞く
大きな鳥が　飛び立つのを
――どこへ？……

吼えるやうな　羽搏きは
私の心のへりを　縫ひながら
真暗に凍つた　大気に

ジグザグな罅をいらす

優しい夕ぐれとする対話を
鳥は　夙《とう》に拒んでしまつた――
夜は眼が見えないといふのに

星すらが　すでに光らない深い淵を
鳥は旅立つ――（耳をそばたてた私の魂は
答のない問ひだ）――どこへ？

（「何処へ？」）

中原の「朝の歌」では、その心に鳥の歌も空の色も映らない。中原は眼を閉じて夢の喪失に堪え、それが拡散してゆく放心に身を任せる。そして、その〈夢のゆくえ〉を問うところから、立原は発語するのである。

夢はいつもかへつて行つた　山の麓のさびしい村に
水引草に風が立ち
草ひばりのうたひやまない

しづまりかへつた午さがりの林道を
うららかに青い空には陽がてり　火山は眠つてゐた
――そして私は
見て来たものを　島々を　波を　岬を　日光月光を
だれもきいてゐないと知りながら　語りつづけた……

夢は　そのさきには　もうゆかない
なにもかも　忘れ果てようとおもひ
忘れつくしたことさへ　忘れてしまつたときには

夢は　真冬の追憶のうちに凍るであらう
そして　それは戸をあけて　寂寥のなかに
星くづにてらされた道を過ぎ去るであらう
（「のちのおもひに」）

立原は言う。「僕らが親近するのは、雑沓の中で、ただ一度二重にかさなつただれもゐない氷の景色のまへで出会ふときだけ。」――これらのうつくしいソネットに、読者は同時代を生きた二つの詩心の交響を聞くことを許されているだろう。
さらに次の書簡には、立原の、自らの創作の秘密が露骨に語られている。

人はただ寝転ぶより仕方もないのだ
同時に、果されずに過ぎる義務の数々を
悔いながらにかぞへなければならないのだ。（中原中也「倦怠」・三聯）

この詩の三行が僕の心情であった。といふのは僕としては怠慢な言ひ方だが、これをひきのばして僕の言ひ方になほすことも、雨つづきで退屈した心はおそらく、したがらないであらう。（立原・昭和十年九月四日、柴岡亥佐雄宛書簡、傍点筆者）

そしてこの中原の「倦怠」の三行はそのまま、萩原朔太郎に「よく抒情的な美しい効果」と絶讃されている。

「山羊の歌」の中原君に対して、少しく微温的な不満を感じて居た僕であるが、今度の「倦怠」には賛辞を呈する。（「四季」昭和十年夏号）

「四季」という雑誌は、この時代の抒情の研鑽、インスピレーションの源、そして相聞の舞台なのであった。

（1）中村真一郎編『立原道造研究』昭和四十六年、思潮社
（2）中村稔「中原中也と立原道造」、『言葉なき歌』昭和四十八年、角川書店
（3）内海誓一郎「中原中也と音楽」、「群像」平成元年二月号
（4）加藤邦彦「歌曲・朗読・ラジオ放送――中原中也像の形成に即して」、「早稲田大学大学院文学研究科紀要」四十六輯第三分冊、平成十三年一月。『中原中也と詩の近代』平成二十二年、角川学芸出版所収
（5）杉浦明平「立原道造の思い出」、『現代日本の作家』昭和三十一年、未来社
（6）「数人の詩人に就て」、現代詩講座3『詩の鑑賞』昭和二十五年、創元社。引用は『三好達治全集』6、昭和四十年、筑摩書房による。
（7）堀辰雄「第一回中原中也賞推薦の言葉」、「四季」四十六号、昭和十四年春季号
（8）「四季」昭和十三年六月号に「現代の詩集研究Ⅲ」として中原中也「『山羊の歌』『在りし日の歌』に就いて」特集に書かれ、時期としては『在りし日の歌』刊行の直後である。
（9）篠田一士「傍役の詩人中原中也」、「文学界」昭和三十四年四月号

＊立原道造の引用は『立原道造全集』平成十八～二十二年、筑摩書房による。

蕃紅花色《さふらんいろ》に湧きいづる　「春の夜」、北原白秋

燻銀《いぶしぎん》なる窓枠の中になごやかに
　一枝の花、桃色の花。
月光うけて失神し
　庭《には》の土面《つちも》は附黒子《つけぼくろ》。
あゝこともなしこともなし
　樹々よはにかみ立ちまはれ。
このすゞろなる物の音《ね》に

希望はあらず、さてはまた、懺悔もあらず。

山虔しき木工のみ、
夢の裡《うち》なる隊商のその足竝もほのみゆれ。

窓の中《うち》にはさはやかの、おぼろかの
砂の色せる絹衣《ごろも》。

かびろき胸のピアノ鳴り
祖先はあらず、親も消《け》ぬ。

埋みし犬の何処《いづく》にか、
蕃紅花色《さふらんいろ》に湧きいづる
春の夜や。

「春の夜」は不思議な作品です。作品論も多いとは言えません。中原中也が、その短い生涯のなかに書いた詩のモチーフはそれほどは多岐にわたらず、いくつかの系列が考えられるのですが、この詩の場所は見つけにくい。これまで、「「朝の歌」へ完成する過渡期的なもの」[1]「多分にダダイズム風」[2]「一種の未完成感」[3]「ヴェルレーヌの影響」[4]「初期詩篇の始めの三篇と「朝の歌」以降をつなぐブリッジ」[5]という指摘がされてきていますが、私は以前、明治期のいくつかの詩を読んでいて、その後ろに「春の夜」が立ち上ってくるのを感じて以来、この作は、他の詩とは違う発想から生まれているのではないかという思いから抜け出せないでいるのです。
それはたとえば、一例を挙げるならば次のような詩です。

茉莉花　　蒲原有明

咽《むせ》び嘆《なげ》かふわが胸《むね》の曇《くも》り物憂《ものう》き
紗《しや》の帳《とばり》しなめきかかげ、かがやかに、
或日《あるひ》は映《うつ》る君《きみ》が面《おも》、媚《こび》の野《の》にさく
阿芙蓉《あふよう》の萎《ぬ》え嫋《なま》めけるその匂《にほ》ひ。

魂《たま》をも蕩《た》らす私語《さゝめき》に誘《さそ》はれつつも、
われはまた君《きみ》を擁《いだ》きて泣《な》くなめり、
極秘《ごくひ》の愁《うれひ》、夢《ゆめ》のわな、——君《きみ》が腕《かひな》に、

痛《いた》ましきわがただむきはとらはれぬ。
また或宵《あるよひ》は君《きみ》見《み》えず、生絹《すゞし》の衣《きぬ》の
衣《きぬ》ずれの音《おと》のさやさやすずろかに
ただ伝《つた》ふのみ、わが心《こゝろ》この時《とき》裂《さ》けつ、
茉莉花《まつりくわ》の夜《よる》の一室《ひとま》の香《か》のかげに
まじれる君《きみ》が微笑《ほゝゑみ》はわが身《み》の痍《きず》を
もとめ来《き》て沁《し》みて薫《かを》りぬ、貴《あて》にしみらに。

（『有明集』明治四十一年）

ほかにも「ほのかにひとつ」（北原白秋『邪宗門』明治四十二年）や「現身」（三木露風『白き手の猟人』大正二年）など、春の夜の花、空気、香りなどを材としてそこにある官能や情緒をうたいあげることは、明治の詩人たちが競ってしてきており、おのずと、あるパターン化された手触りを持つようになっています。それはおそらく、当時、読者の共通の嗜好や教養基盤となり、符牒のように了解されていたものでしょう。中原はここで一昔前のそれを呼び戻し、自分なりの当世風アレンジをして見せている……「春の夜」はいわば、明治象徴詩のリバイバル実験作なのではないか。

ここでは蒲原有明の「茉莉花」について、偶然にせよ私には部分的に濃厚な類似が感じられるため、それを合わせ鏡のように見つつ、「春の夜」を読んでみます。

　両作品にあって、阿芙蓉・桃色の花の出てくる一連はそのまま対応させて見ていいでしょう。有明流の、ややもってまわった美しい幕開け、そこに浮かぶ妖艶な姿は女性の形容でしょう。中原の場合も同じであるとは断言できないものの、後の連との関連からそう読むことが自然と思われます。「燻銀なる窓枠のなかになごやかに」には、ことさらな「な」音の反復が見られますが、このような措辞は、たとえば中原の初期の「てにてなす　なにごともなし」（「朝の歌」）、「秋空はにびいろにして／黒馬のひとみのひかり／（……）／こころうつろなるかな」（「臨終」）などに特徴的に見受けられます。その背後にはおそらく「茉莉花」に多出するような「しゃのとばりしなめきかかげ、かがやかに」、「たまをもたらすささめきにさそわれつつも」、「まつりかの夜のひとまのかのかげに」といった、行内での同音反復と通じるものがあります。

「月光うけて失神し／庭《には》の土面《つちも》は附黒子《つけぼくろ》」——この第二連や、あとの第五連が、この詩が「多分にダダイズム風(3)」とされるゆえんで、今まで、失神する主体について、中也(2)、物皆の陶酔(3)、桃色の花(4)、と、いろいろな解釈がされています。「附黒子《つけぼくろ》」とあるからには、庭にはあまり多くのものはなく、平らな渇いた土にスポットライトを受けたように一点落ちた影を思わせる。月光は庭にある物々を照らし、その後ろに失神したかのように伸びた影が附黒子のような暗がりを作っている。こうしたメタファとして平たくわかりやすく読むことはできるでしょう。「ああこともなしこともなし」――ここには、上田敏『海潮音』（明治三十八年）の「春の朝」の影響が指摘されています[6]。

時は春、／日は朝《あした》、／朝は七時、／片岡に露みちて、／揚雲雀なのりいで、／蝸牛枝に這ひ、／神、そらに知ろしめす。／すべて世は事も無し。

ここでは、その引用部分を繰り返していることが目を引きます。これは「ああこと[7]もなしこと[5]もなし・樹々よは[7]にかみ・立ちまわ[5]れ」と、連のなかで声調を七五に合わせるためでもあるでしょうが、パロディをうたうときに囃し言葉のように現れる、中原の一種の癖のようなものです。それはのちの作、

なんのおのれが桜かな、桜かな桜かな　（「正午」←狂句「酒無くてなんのおのれが桜かな」）

やまとやまと、やまとはくにのまほろば……　（「誘蛾燈詠歌」←「倭建命」『古事記』）

という例にも窺えます。

樹々よはにかみ立ちまはれ――ここはこれから先に起こるラブシーンを、「こともなしこともなし」なんでもないなんでもない、と、二人の周りを輪舞しつつ外の目から隠すスクリーンを作るよう、樹々に呪文でも掛けているかに読み取れます。のちの作、「含羞」においても、「幹々は　いやにおとなびイちゐたり」と、瞳を交わしあう少年と少女を取り巻き見守る、同じ構図が現れています。

第四連「このすゞろなる物の音に／希望はあらず、さてはまた、懺悔もあらず。」および、第六連「窓の中にはさはやかの、おぼろかの／砂の色せる絹衣。」は「茉莉花」の第三連「また或宵は君見えず、生絹の衣の／衣ずれの音のさやさやすずろかに／ただ伝ふのみ」を対することができるでしょう。

「すずろ」という語には、①なんとなく心がひかれるさま、②思いがけないさま、③何の関係もないさま、④興趣のないさま、⑤むやみやたらに、[7]⑥漫然と、[8]という多くの意味があります。有明の詩の「すずろか」は、「すずしのきぬ」の音の連鎖として導かれた語でしょう。

一方、中原の「すゞろなる」は、福田百合子さんは「この春の夜の心おののく音」、吉田凞生さんは「『漫然たる』でなく『理由もなく』の意。従ってこれを『はにかみ立ちまは』る『樹々』の音と解することは適切ではない、「この」の指示語は『こともなし』として把握された世界全体として、特定の指示対象を持たない」とされています。すると「このすゞろなる物の音」は、この詩の底に流れるしらべのようなもの、ということになるでしょうか。

しかし、ここは第七連の「かびろき胸のピアノ鳴り」のときめきの前章として、一〜三連の叙景的部分では意識されなかった、主体の内部に鳴り響くもの――平たく考えて鼓動、と言ってもいいですが――が自覚され、それを「このすゞろなる物の音」と指示し、その高鳴りに向いた目が「希望はあらず、さてはまた、懺悔もあらず」という内面の自照をひきだしていると考えられます。ここには、〈このときめく思いは、どうなるという希望もないが、かといって何か懺悔を強いられるものでもない〉――「朝の歌」の、「諫めする　なにものもなし」のように、何か自分を抑制し裁こうとするものを意識する心の動きがある。それが第七連に至ると、その消極性を超えて「祖先はあらず、親も消ぬ」にまで高まりを見せています。

第五連、「山虔しき木工のみ」は、「樹々よはにかみ立ちまはれ」や、先に見た「含羞」の「幹々は　いやにおとなび彳ちゐたり」と並び、次の詩句が想起されます。

山に樹々、／老いてつましき心ばせ。
（「夕照」）

木々が若い学者仲間の、頸すぢのやうであるだらう。
（「ためいき」）

樹々は野に立つてゐる、／従順な娘たちともみられないことはない。
（「（汽笛が鳴つたので）」）

このように中原の詩で、樹々の立ち並ぶ様子は擬人的に表わされることが多いのです。ここでそれぞれの詩の後半を見てみます。

第一連では静止画像であったものが、ここで、ともに衣ずれに触発されて感情がクライマックスに達し、奥底に秘めていた情念が立ち上る。「茉莉花」では香りが求心的に働いていますが、「春の夜」では心の奥、あるいは庭のどこかに「埋みし犬」から湧きいずる上昇気流が、風景をみるみる「蕃紅花色」に染めていく。そこには色のみでなく、サフランそのものの芳香も託されているでしょう。

ところで、「蕃紅花色」とはどんな色でしょうか。今までの解説をみると「紫紅色」(福田「私解」)、「アヤメ科のサフランならば淡紫色、ヒガンバナ科のサフランモドキ(古くは本物のサフランと誤られてサフランと呼ばれていた)ならば淡紅色。第一連「桃色の花」との対応から言って後者のほうがふさわしいであろう。もっとも花には種々の色があるから断定はできない」(吉田「私注」)とあります。辞典では、「秋に咲くサフランのような淡紫色(9)」となっています。「サフラン色」は、たとえば「朝の歌」に出てくる「はなだ色」のようなはっきりとした色彩名ではありませんが、果たして中原は、一体何色を思い浮かべていたのか、これは詩のイメージをを左右する大きな問題です。

読み手の環境や、植物に対するなじみの度合いにもよりますが、サフランは、その染料としての用途からか、サフラン色イコール花の色と直接結びつくとは限りません。いま、普通に思い浮かべられるのは、紫よりも黄色ではないでしょうか。サフランは、花そのものよりも、料理に色と香りを添えるものとして知られ、その名のつく料理はすべて黄色です。食材としてのサフランは、雄しべを乾燥させた赤い糸状のもので、それを沸騰した湯に投げ込むと、みるみるうちに鮮やかな黄色に染まる。マジックのようなその変化は、「埋みし犬の何処にか」の上昇気流に合い、そう読むとこの詩の最終連には、紫ではなく、黄色の空気が立ちこめることになります。

　言葉の連れているイメージは、時代によって異なるもので、たとえば「林檎」は今ではまったく珍しいものではないですが、日本に本格的に輸入されるようになったのは明治初期であり、中期から後期にかけて多くの外国品種が導入されました。[10] 島崎藤村『若菜集』（明治三十年）の「初恋」に現れた当時は、西洋で四千年の歴史を持つ異国の香りの果物として受け取られたため、藤村は「やさしく白き手をのべて／林檎をわれにあたへしは」――アダムとイブを重ね、この語にエキゾティシズムを託すこともできたのです。

　それでは「サフラン」はどうでしょうか。この花が日本に入ってきたのは文久年間（一八六一～六四）、その後絶滅し、明治四、五年（一八七一～七二）に再渡来、明治十九年から経済栽培がおこなわれ、今日におよんでいるそうですが、[11] 大正三年刊の、その名も「蕃紅花」という雑誌に、[12] 森鷗外の「サフラン」という随筆がでています。鷗外は子供のころ、蘭医であった父にオランダ語を習ううち、字書のなかのサフランという語に目をとめます。

音訳に漢字が当て嵌めてある。今でも其字を記憶してゐるから、こゝに書いても好いが、サフランと三字に書いてある初の一字は、所詮《しよせん》活字には有り合せまい。依つて偏旁を分けて説明する。「水」の偏に「自」の字である。次が「夫」の字、又次が「藍」の字である。

このようにサフランに撞着する鷗外に、父が「花を取って干して物に色を附ける草だよ」と、乾燥したサフランを薬簞笥から出して見せてくれる様子が書かれています。鷗外は文久二年（一八六二）の生まれですから、薬用として再渡来したサフランを見ているのでしょう。

北原白秋には、早い時期から、非常に多く、エキゾティックでハイカラなこの語が現れます。白秋は「泊夫藍・洎芙藍・泪芙藍」など、鷗外が苦労したと同じオランダ語からも、また「番紅花・蕃紅花」のように漢名からも、多様な表記でこの語を使っています。しかも、

罅《ひび》入りし珈琲碗《カウヒわん》に
泪芙藍《さふらん》のくさを植ゑたり。
その花ひとつひらけば
あはれや呼吸《いき》のをののく。

昨日《きのふ》を憎むこころの陰影《かげ》にも、時に顫えて
ほのかにさくや、さふらん。

（「泪芙藍」『思ひ出』明治四十四年）

何時までも足の爪を剪つてゐるのか、お前は
泪芙藍湯《さふらんゆ》の温かな匂から、
香料のやはらかななげきから、

（「雪」『東京景物詩及其他』大正二年）

このような例をみると、実際育てたり、薬用にしていたことも伺え、歌集『桐の花』（大正二年）には「泊芙藍と磁石」という挿絵があるなど、この花を身近にしていたことが見てとれます。

それでは白秋では「サフラン色」はどのように使われているでしょうか。

私通したる泊夫藍色の女の
声もなき白痴の児をば抱きながら入日を見るがごとくに歩み

（「心とその周囲　Ⅳ　銀色の風景」）

この用例だけではわかりません。しかしそれに前後する詩章には、

黄にかがやける枯草の野を幌なき馬車に乗りて、
密通したる女のただ一人夫の家に帰るがごとく
（「同右　III　泣きごゑ」）

色黄なる醜き悪縁の女を殺さんとし
（「同右　V　神経の凝視」）

ここには、どれも「女」に照り返す黄色が見えるのです。また、

隣人は日に一度黒い蒸汽をながめる、
その悲しい面《かほ》に洎芙藍のやうな
黄いろい日がひかり、
涙がながれる
（「隣人」）

ここでは、もうはっきりと黄色です（ともに『東京景物詩及其他』）。
先の「洎芙藍湯」も、サフランの雄しべを湯につけた黄色の薬湯と思われ、どうやら白秋のサフラン色は、黄色であるように思われます。ほかに「あはれ、また、野辺の番紅花／はやあかきにほひに満つを」（「かへりみ」明治四十年十二月、『邪宗門』所収）では、芳香を発する雄し

べの色――鮮烈な赤を思わせ、香りや気配を同時に表わす例もありますが、しかしそのいずれも、花そのものの淡い紫とは遠く、極彩色の印象があります。

初期の中原が、白秋の強い影響下にあったことを思うと、(13)「蕃紅花色」を白秋と同じように捉えていたことは大いに考えられます。

ここで中原の詩における用例を見てみましょう。中原の詩には、花はそれほど多くでてくるわけではないのですが、「紫色の花」はたとえば、次のように現れます。

その紫の押花《おしばな》はもうにじまないのか
（「秋日狂乱」）

怜度紫の朝顔の花かなんぞのやうに、
（「冷酷の歌」）

消えていつたのは、
あれはあやめの花ぢやろか？
いいえいいえ、消えていつたは、
あれはなんとかいふ花の紫の莟みであつたぢやろ
（「秋岸清涼居士」）

少女がいま校庭の隅に佇んだのは

其処は花畑があつて菖蒲の花が咲いてるからです　（「少女と雨」）

しかしこれらは、どれも濃い紫を思わせ、淡い紫とは遠いものです。

一方、「紫」そのものの用例から、「埋みし犬」に重なる、腐敗のイメージをもつ例を見てみましょう。

心は錆びて、紫色をしてゐる。　（「冷たい夜」）

ソーセーヂが
紫色に腐れました――　（「幼き恋の回顧」）

菫の　花が　腐れる　時に　（「聞こえぬ悲鳴」）

このような表現に、春の夜のいくぶん澱んだ濃密な空気、それを紫色と解するならば、「春の夜」は、第一連「桃色の花」から同系色につながる、整った作品と解することもできるでしょうか。しかし「春の夜」、この詩は、A↓B↓A、と回帰する型の詩ではない。A↓B↓C と、行を追い連を追い、第一、二連の静止画像が動き、音をたててゆく、クレッシェンド型の詩であり、一、二連と最終連には明らかな隔たりがあるのではないか。

　もとより断定できることではないですが、このように見てくると、「蕃紅花色」は柔らかなパステル紫というより、白秋が光の場面につかう鮮やかな蛍光色の黄色、とも読み取れ、それは「春の夜」をより一層魅力のある詩にするのではないか。深みからたちのぼる気流が桃色から黄色に、詩の風景を一気に塗り替え、この詩が持っている漸次の高まりをクライマックスに持ってゆく。この飛躍にこそ、「茉莉花」に代表される明治象徴詩の完成を突き抜けて中原が実現した、あたらしい「春の夜」があるのではないか。中原は白秋の作品、遺産を介して、この作を手にしたのではないか。

　以上、「春の夜」を読んでいて、明治期の象徴詩が重なって見えるということをモチーフに、時を隔てた二つの詩を見てきました。もとより「春の夜」が「茉莉花」を意識して書かれたという確証はどこにもありません。しかし、題名の類似した上田敏の「春の朝」のパロディ部分が端的に示すように、「春の夜」に、明治期の詩に対する、中原の批評と共鳴《シンパシー》を読み取ることはできるでしょう。そして、それらが表裏をなしているところに、この詩の不思議な魅力があります。レトロな雰囲気を滲ませながら、いつの世も変わらぬ春の夜の情感を〈今〉の乾いたモダンで歌う、そこにこの詩の稀有な面白さがあると思われます。唐突なイメージや、ある種の不条理が形作る『山羊の歌』の世界が、この一見、古風な詩にもはっきり認められるのです。

　中原の詩が、胸の奥からあふれ出るとめどない感情をそのまま紙上においたもので、詩語や詩句の丹念な修正や推敲とは無縁という見方は、一時期は常道とされましたが、さすがに昨今は見られなくなりました。そのように見えるとすれば中原の高等技巧の勝利であり、実際は生涯、学んだ詩人であることは論を俟ちません。とくにかなり深く、明治の詩を読んでいたことは、読書記録や散文に明らかです。さらに驚くのは、その影響が、端正な『在りし日の歌』より、モダンと言われる『山羊の歌』のほうに多いことなのです。中原の詩を、現代の読者が新鮮に感じる要素のひとつは、意外にも、現在はほとんど読まれなくなっている明治の詩の教養にあるのかもしれません。一見のアナクロニズムは、確かに『山羊の歌』の豊かさの一翼を担っています。

　世代的にすぐ上の室生犀星や萩原朔太郎について、中原は読んでいたに違いありませんが、その継承については今後の課題です。ダダイズムは、生涯変わらぬ詩の肉体をなすものでしょうが、そこにはフランス象徴詩とならび、新時代の詩への敏感な反応、という一面もあったでしょう。近代詩人の多くが短歌を出発点としていますが、中原もそうであり、自在な口語使いの詩人として同時代に周知されてからも、第二詩集『在りし日の歌』の巻頭には、「含羞」という文語詩を置いています。中原の奥には〈古さ〉が、思いのほか大切にされて座っているのです。

　近代詩史は、〈父の世代〉に反し、〈祖父の世代〉に寄り添う、隔世遺伝、鬼子の歴史と言えますが、中原も一面、例外ではなかったのです。

（1）福田百合子「中原中也詩私解」、「文芸山口」昭和三十七年五月

（2）「共同研究『山羊の歌』」、「国文学」昭和四十二年十月号

（3）吉田凞生「『山羊の歌』私注」、「文法」昭和四十五年三月～四十六年三月

（4）吉田凞生『中原中也必携』昭和五十四年、学燈社

（5）小長谷清実「初期詩篇」、「国文学」昭和五十八年四月号

（6）佐藤泰正「「朝の歌」をめぐって」、『近代日本文学とキリスト教・試論』昭和三十八年、創文社。『中原中也という場所』平成二十年、思潮社所収

（7）『旺文社国語辞典』第八版、平成四年

（8）『日本国語大辞典』昭和四十九年、小学館

（9）同右

（10）『大日本百科事典』昭和五十六年、小学館

（11）塚本洋太郎『原色園芸植物図鑑Ⅳ』昭和五十六年、保育社

（12）大正三年三月、東雲堂書店。引用は『森鷗外全集』7、昭和五十二年、筑摩書房による。

（13）「秋の愁嘆」は白秋の「秋」（『東京景物詩及其他』）、「雪の宵」は「青いソフトに」（『思ひ出』）を受けている。北川透『中原中也の世界』昭和四十三年、紀伊國屋新書。佐々木幹郎『中原中也』昭和六十三年、筑摩書房。北川透「悪魔の伯父さんが来る所――中原中也〈ダダ音楽〉の行方」、「日本文学研究」三十二号、平成九年、梅光女学院大学。『詩の近代を越えるもの――透谷・朔太郎・中也など』平成十二年、思潮社所収

失せし獣の夢なりき　「含羞」の空、西條八十

　中原中也は、書道の基本が古典の臨書であるように、ある既成の型を忠実になぞることから出発し、それを変形発展させる、きわめて正当の道筋をたどって自己のスタイルに至った人である。芸術家のなかには、初めての制作がそのまま将来の独自の世界を予見させる、天稟としか言えぬところから始まり、その延長に足跡を残すような人もいるが、中原はおそらく違う。初めから独特の世界を築き我流の個性に終始するのでなく、たとえダダのような破壊的なものですら、その壊し方が、出会った見本〈中原の場合は高橋新吉〉のあまりにも生真面目なぞりであること、古今の書を幅広くよく読み、それからうけた強い霊感が多くの作の源であること、そして優等生型とも言えるその〈学び〉は、中原の仕事を貶めることにはまったくならず、むしろ不思議なあり方で時代を超えた命、幅広い人気をつないでいること——。平たく言って

〈まとも〉、正調、スタンダードに対する忠誠心が普通に考えられているよりずっと強く、それが、何がなくても中原中也、という長年動じない読者を持つ根底にあるようだ。息の長いものはかならずどこか、保守のにおいがする。そういう場所に作品を咲かせることはまた、天与のものだろう。中原の特徴は、その眼にいつも、大衆（蔑称ではない、普通の素直な意味で）の地平が見えていたところにある。天才と俗人という対立項は、中原の批評の底にある構図だが、俗人と大衆とは必ずしも一致しない。小唄を口ずさみながらポピュラーのきわどい淵を踏む、その独自の運動神経も看過できない。交際した人々とともに同時代の知の楼閣に登ってしまえば楽だったのに、それらを相対化し茶化し、小唄でいなさずにはおれなかった人を同じ場所に祭り上げることは、もしかすると容易な反面、中原という人の磁場は、それでは多分痩せていってしまうと、このごろの私は思うようになっている。

そのことを書いてみたいのだが、そこまでにちょっとした迂回をしなければならない。

含羞《はぢらひ》

——在りし日の歌——

なにゆゑに　こゝろかくは羞ぢらふ
秋　風白き日の山かげなりき

椎の枯葉の落窪に
幹々は　いやにおとなびイちゐたり

枝々の　拱《く》みあはすあたりかなしげの
空は死児等の亡霊にみち　まばたきぬ
をりしもかなた野のうへは
あすとらかんのあはひ縫ふ　古代の象の夢なりき

椎の枯葉の落窪に
幹々は　いやにおとなびイちゐたり
その日　その幹の隙《ひま》　睦みし瞳
姉らしき色　きみはありにし

その日　その幹の隙《ひま》　睦みし瞳
姉らしき色　きみはありにし
あゝ！　過ぎし日の　仄燃えあざやぐをりをりは
わが心　なにゆゑに　なにゆゑにかくは羞ぢらふ……

この詩は第二詩集『在りし日の歌』と同じ副題を持ち、中原の作品のなかでも特に端正で、詩集巻頭に置かれた自信作である。

「なにゆゑに」という自問の前に、「過ぎし日」の風景が広がる。時は秋、風白き日――。〈白い風〉は他に、「臨終」「冬の日の記憶」に用例がある。

神もなくしるべもなくて／窓近く婦《をみな》の逝きぬ／白き空盲ひてありて／白き風冷たくありぬ

（「臨終」）

昼、寒い風の中で雀を手にとつて愛してゐた子供が、／夜になつて、急に死んだ。／（……）／雀はどうなつたか、誰も知らなかつた。／北風は往還を白くしてゐた。（「冬の日の記憶」）

〈白い風〉は、おそらくは清浄でありながらも不透明で無機的な風、そしていずれも〈死んだ者〉の上に吹く風である。「含羞」においても、それは第二連で「死児らの亡霊」を開示する。冷たい腐植土の上、椎の枯れ葉の吹きだまる落窪に、幹々は「いやにおとなび」た様子で立っている。中原にあって、立ち並ぶ木々は擬人的に表されることが多い。「含羞」におけるそれは、主体と「君」とを取り巻き見つめる「おとなび」た、自己の幼さ、青さの心理を映すものとしてある。

五音七音を基本にしながら、内に混じる二音「秋」、三音「その日」、また「あゝ！」の詠嘆が、鋲を打つように詩が単調に流れるのを堰きとめ、また、おそらくは音律上の配慮もあって第二連の第一・二行を「枝々の　拱《く》みあはすあたりかなしげの／空は死児らの……」と句跨りにする。ここは意味の上、また、通常ならば、

枝々の　拱《く》みあはすあたり
かなしげの空は
死児等の亡霊にみち
まばたきぬ

とでも改行しそうなところである。しかし中原はそれをしない。それは、

5□8
5・3
4・7
5

となってしまうところを、

5□8・5
7・7
5

と、全体の基調、七五を乱さぬ工夫でもあるが、この句跨りはこの詩の絶妙さと言ってもいい。詩全体を意味の上で普通に読み解くならば、「かなしげの」は、空にかかるだろう。しかし読み手はあくまで、詩を一行目から語を追って順に読むのであり、この語は「枝々の　拱《く》みあはすあたりかなしげの」と連続させることで、梢を見上げる主体のまなざしのありよう、その心情に強く属し、寄り添うことになる。そして改行後に来る「空は」は、「死児」らと連続して読まれることで、その跳梁する空間としての強い磁力を持ち、この詩を一気に一枚の絵にするのだ。

続く「まばたきぬ」――。「まばたき」という語は、①めばたき、②明滅、またたき、という意味を持つが、ここでは〈詩的主体を主語とし、その動作としてのめばたき①〉と、〈「空は」を主語とし、そこに満ちる亡霊の蠢く――またたくさま②〉という、二つの解釈を許す。ここで

「まばたく」とは、「かなしげの」梢や空を見上げる眼でもあり、同時にそのまなざしが、またたく死児らの亡霊を映したときの、動揺するうごきでもある。これはどちらかの解を選択して解するより、詩行を読み進める連続の裡に重層的に、掛詞のように読まれるだろう。

可視の映像が、きわめて印象的に刻まれる第二連、「古代の象の夢なりき」はどのように読まれるだろう。「古代」は、初期の詩「古代土器の印象」（大正十三年春ごろと推定・新編全集2解題篇）、「陣営の野に笑へる陽炎、空を匿して笑へる歯、——おゝ古代！」（「地極の天使」昭和二年と推定、同）など、中原にとって憧憬の対象として表されている。

学生時代に、中原の初期の散文「地上組織」[3]で、「最初に、神に脳裏に構へられしものは静止せる理想郷のサイ象。」という記述を読んだとき、私は、これは「含羞」のキーワードだろうと即座に考えた。「静止せる理想郷」——「古代」、そこにいるサイ象、古代の象——マンモスを、牙のあるサイ象と呼んだのではないか、という第一印象、脳裏の映像を、しかし私は当時、自分自身で認めたくなかった。旧全集解題で「サイ象」に「豸　サイ豸」という抹消されたむじな偏の書き直しがあることを知り、「サイ象」はなにか動物を示すと考えるのが順当だろうとは思ったものの、あまりに奇天烈に思えたのだ。旧全集刊行後の時期の、「象」を「像」と同じく「かたち、フィギュア」と捉える抽象的な広がりを持つ解釈に示唆され、惹かれていたからでもある。[4]

初期の中原が、小林秀雄、富永太郎らとアーサー・シモンズ『表象派の文学運動』（岩野泡鳴訳、大正二年、新潮社）を愛読し、象徴主義を学んだことは周知されているが、中原の昭和二年の読書記録には久保芳之助訳『文学に於ける象徴派の人々』（大正十四年、文献書院）があり、同書も読んでいたことがわかっている。そこにはネルヴァル「夢と生」の、次のような翻訳、引用がある。

> 僕はぼんやりと形に落ち入つて、古代の塑像的諸映像を見ると、これらが身づから輪郭を附け、定形になり、表象を表示するやうであつたが、この諸表象の観念を僕は困難して攫んだばかりだ。
> （岩野泡鳴訳、傍点筆者）

> 私は漠然と形をとる太古の模像を見た。それは輪郭を生じはつきりして來て遂に象徴を表す様に思はれたが、その象徴の意味は私には容易に解せられ無かつた。
> （久保芳之助訳、傍点筆者）

象徴主義の考察に費やした中原の若き日、友人らとともに熟読した書、その記憶の投影を重ねて読むと、「古代の象」のイメージは幾重もの奥行きを持つと思われた。さらに「あすとらかん」――「西アジア地方に産する、羊の胎児や生まれたばかりの子羊の毛皮。それに似せて作った織物[5]」とあわせ、

後を見後を見かへりゆく
アストラカンの肩掛に
口角の出た叔父につれられ
（「浮浪歌」）

という用例のように、この語を、アストラカンの織物の畝や、子羊の毛皮の渦巻いた毛並みと捉えると、茫漠とした雲、その筋模様の織りなす像と読むこともできる。そのように読む「含羞」は、見つめ合う少年少女の上に、水彩のような陰影のある、淡いグラデーションの空が広がる絵となり、私はその映像を描きつつ読んでいたのである。さらに最終行で、一行目が繰返され回帰することにより、「含羞」はきっちりと額縁におさめられた、『在りし日の歌』の扉絵のように見える。

私は長らくこのような「含羞」の抽象度、完成度を愛していたのであるが、旧全集刊行後の昭和五十七年七月三日、朝日新聞夕刊に、この詩の草稿が見つかったという記事が出た。そこで「古代の象の夢なりき」は初め「失せし獣の夢なりき」と書かれていたことが明らかになり、私は愕然とした。「象」を「かたち」とする読み方で解した学生時代の「「含羞」論」が灰燼に帰したからである。[6] その記事、および新編全集1解題によると、芦屋市の個人宅から発見された草稿は初出の「文学界」昭和十一年一月号に送られたものと思われ、それ自体には訂正はない。「古代の象」に中原が書き換えたのは、その後「文学界」に送った初稿の校正時と推定されている。「古代の象」の初めの発想が「失せし獣」であったなら、やはり自然に読んで、「象」はエレファントが中原の脳裏にあったのだろうか。そして、アストラカンはむれる子羊のような雲、であろうか。

このようなときは、翻訳されたものを見れば一目瞭然で訳者の一解釈がわかるだろう。イヴ＝マリ・アリュー氏の仏訳を見ると、

A l'astrakan s'entrefilaient les rêves d'antiques éléphants

やはり éléphants である。[7] それにしても、私のような読者への深読みの誘いを含め、この改稿が詩にもたらした広がりは大きいと言えるだろう。「失せし獣」という語では、「かなしげの」空を増幅することはできようが、その獣が実像を結ばず、また、「失せし」は「死児らの亡霊」とつきすぎでインパクトがない。この改稿により、「含羞」の空は淡彩画から、象の闊歩するダイナミックな、シャガールのような空間に塗り変えられたのである。「古代」という語による、時間軸の奥行きも持って。

＊

或るとき、あまり手にする機会のない西條八十の詩集を開いていて、ある詩の背景にいきなり「含羞」の空が立ち上がってくる、ということがあった。今まで見てきたような、私自身の「含羞」の読み方の移り変わりがあって、かなり時をおいたころのことだ。

西條八十は、長い創作活動を続け、大衆を見据えた作を多く残しながら、今、その仕事ほど（または、それゆえに）顧みられない詩人となっている。詩の座標軸が移動し、この詩人の場所がなくなってしまったようだが、中原の時代には、その存在は北原白秋と並ぶ詩の重鎮として捉えられていただろう。

空の羊　　　　西條八十

黄金《きん》の小鈴《こすず》を
頸《くび》にさげ
啞《おし》の羊《ひつじ》は
群《む》れ過《す》ぐる。

昨日《きのふ》も今日《けふ》も
夕月《ゆふづき》の

さむきひかりの
丘《をか》の上。

ありし日《ひ》
君とうち仰《あふ》ぎ
青《あを》き花のみ
咲きみちし、

空はろばろと
わかれては
悲しき姿《かげ》の
ゆきかよふ。

ちぎれて消ゆる
雲《くも》なれば
また逢ふ牧《まき》は
知らねども、

こよひも寂《さび》し
鈴鳴《な》らし
空《そら》の羊ぞ
群《む》れ過ぐる。

この詩を読んだときに不思議な既視感があったのは、私が「含羞」を前述のように読んできたからだろう。単によくある偶然と思われるので、影響関係を短絡するつもりはない。しかしこの詩は八十を、改めて中原を、考えるきっかけになった。

八十の作は大正末ごろ、中原の作は推定昭和十年ごろと推定されている。「ありし日　君とうち仰」いだ空、見つめ合う少年と少女の頭上の雲。この二篇は同じ構図なのだ。雲の隠喩としての「空の羊」は特別珍しい表現ではないだろう。それが十年という時を跨ぎ、中原の手にかかると、「あすとらかんのあはひ縫ふ　古代の象の夢なりき」——「含羞」の空が現れる。

八十の第四連「空はろばろと／わかれては／悲しき姿《かげ》の／ゆきかよふ」は中原の「空は死児等の亡霊にみち　まばたきぬ」に、さらに類似のイメージ、コボルト空に往交《ゆきか》へば、／野に／蒼白の／この小児。
（「この小児」）

崖の上の彼女の上に／精霊が怪しげなる条《すぢ》を描く。
（「深夜の思ひ」）

にも通じているように思われてくる。

「空の羊」は八十の気に入りの作で、「大観」（大正十年八月）に発表のあと、『空の羊』（大正十年、稲門堂書店）、『見知らぬ愛人』（大正十一年、交蘭社）、『蠟人形』（大正十一年）、『西條八十詩集』（昭和二年）と収録された。それらを中原が見ていた確証は、記録としてはないが、詩集の題にまでもなっているそれを、しかも、詩、童謡、歌謡の世界の重鎮であった八十の詩業を、中原が素通りしたとは考えにくいだろう。昭和二年の読書記録には、野口雨情の『雨情民謡百編』（大正十三年）、北原白秋『洗心雑話』（大正十年）、『まざあ・ぐうす』（大正十年）とならび、『西條八十童謡全集』（大正十三年）、『現代童謡講話』（同）がある。このころ、白秋、八十が手掛け、金子みすゞを生んだ〈童謡の時代〉の洗礼を、中原も存分に浴びていたことは確かだろう。

その後、中原は昭和八年になって、八十や山田耕筰らが選者をつとめる、読売新聞の「流行小唄『東京祭』懸賞募集」に応募する。

（宵の銀座は花束捧げ）

宵の銀座は花束捧げ、
　舞ふて踊つて踊つて舞ふて、
我等東京市民の上に、
　今日は嬉しい東京祭り

今宵銀座のこの人混みを
　わけ往く心と心と心
我等東京住ひの身には、
　何か誇りの、何かある。

心一つに、心と心
　寄つて離れて離れて寄つて、
今宵銀座のこのどよもしの
　ネオンライトもさんざめく

ネオンライトもさざめき笑へば、
　人のぞめきもひときはつのる
宵の銀座は花束捧げ、
　今日は嬉しい東京祭り

八十の銀座の歌は無数にあるが、一世を風靡した「東京行進曲」（中山晋平作曲）は、これに先立つ昭和四年である。

昔恋しい銀座の柳
仇《あだ》な年増《としま》を誰《たれ》が知ろ
ジャヅでをどってリキュルで更《ふ》けて
あけりやダンサアのなみだあめ。[8]

この懸賞の一等には、五百円の賞金がでた。中原はもしそれを手にしたら、房総方面で二か月暮らそうと皮算用していた。[9] また一等は古賀政男の作曲によりレコードにされた。このような投稿、当時の詩と流行歌との近い距離は、萩原朔太郎が古賀政男の「影を慕いて」をギターで好んでひいていたことでも知られ、中原の未刊詩篇では、「女給達」のエピグラフ「なにがなにやらわからないのよ――流行歌」が八十作詞の「愛して頂戴」から引かれていることは、すでに新編全集1解題に指摘がある。当時の流行歌を探したり、レコード、カセットを聞いていて気づくことは多い。中原の昭和九年十二月二十九日の日付のある「(なんにも書かなかったら)」、

何をくよくよ、
川端やなぎ、だ……

土手の柳を、
見て暮らせ、よだ

ここには、明治大正昭和と、長きにわたり歌い継がれた流行歌「ストライキ節(東雲節)」が入っている。

何をくよくよ　川端柳　焦がるる　ナントショ
水の流れを　見て暮らす　東雲の　ストライキ
さりとはつらいね　てなこと

オッシャイマシタカネ(10)

また、『山羊の歌』に収録された初期の作「港市の秋」、

石崖に、朝陽が射して
秋空は美しいかぎり。
むかふに見える港は、
蝸牛の角でもあるのか

町では人々煙管《きせる》の掃除。
甍は伸びをし
空は割れる。
役人の休み日——どてら姿だ。

『今度生れたら……』
海員が唄ふ。
『ぎーこたん、ばつたりしよ……』

狸婆々がうたふ。
港《みなと》の市《まち》の秋の日は、
大人しい発狂。
私はその日人生に、
椅子を失くした。

この第三連「『今度生れたら……』」を私は長いあいだ、生業を嘆く海員の嘆き節のように読み、次の狸婆の唄とは別々に、いろいろな人がそれぞれの言葉を発する渾然とした港の様子として思い描いてきたが、これは北原白秋の小唄、「今度生れたら」そのものなのだろう。ここでは海員がこの唄をうたっているのだ。

今度生れたら驢馬に乗つておいで。
驢馬はよいもの、市場へ連れて、
そこで燕麦しこたま貰ろて、
かはい女子と乗つて帰ろ。

今度生れたら金箔もつておいで。
金はよいもの、呉服屋を呼んで、
そこで緋繻子《ひじゆす》をどつさり買つて、
かはい女子《をなご》と寝て暮らそ。

今度生れたら鵞鳥《がてう》抱いておいで。
鵞鳥はよいもの香水屋を呼んで、
そこで卵と品よく代へて、
かはい女子のおめかしに。

今度生れたら酒樽背負《しよ》つておいで。
酒はよいもの、たらふく飲んで
そこでまたまた卒倒して死んで、
かはい女子を置きざりに。(11)

中原の港の詩は、横浜、かよっていた娼家のイメージと連なるものが多いとされるが、この歌詞をみると、狸婆々の呼びかけが呼応する。

この歌は島村抱月没後、松井須磨子が率いていた芸術座の第九回公演、トルストイ原作「生ける屍」(大正六年十~十一月、明治座)のためのもので、「『生ける屍』の唄」三篇のなかのひとつ、そして白秋の流行歌第一作という記念すべき作である。第二連が文部省で問題となり、松井須磨子の地元、長野で発禁令が出て、レコード発禁の第一号となったが、続けていくつかの県が続いたことが逆効果を生み、大変な枚数が売れたという(12)。

松井須磨子の名は、中原の「脱毛の秋 Études」八章に出てくる。

とある六月の夕《ゆふべ》、
石橋の上で岩に漂ふ夕陽を眺め、
橋の袂の薬屋の壁に、
松井須磨子のビラが翻るのをみた。

——思へば、彼女はよく肥つてゐた
綿のやうだつた
多分今頃冥土では、
石版刷屋の女房になつてゐる。——さよなら。

この作品は昭和七年後半か秋ごろ清書と推定、しかし章立ての多い作品なので初稿成立時期はわからないとされている。(13)

松井須磨子の活躍時期は明治から大正にかけて、島村抱月との恋愛、「人形の家」「故郷」「カルメン」「復活」(「カチューシャ」)、「その前夜」での体当たりの演技と劇中歌「ゴンドラの唄」(吉井勇作詞)、「生ける屍」の劇中歌「さすらひの唄」、「カルメン」中「煙草のめのめ」(白秋作詞)等、中山晋平の曲で大衆を陶酔させ、投げやりで退廃的なムードの歌いぶり、観客と声を合わせての熱唱で知られる。須磨子は「カルメン」公演中、大正八年一月五日に縊死し、民衆に衝撃を与えた。整った美貌というよりは肉弾で歌う迫力で大衆を魅了した、国民的女優だった。

当時まだ十歳の大岡昇平も、須磨子が「カチューシャの唄」で子供たちにも人気のあったこと、「女優というものが珍しい頃だから、時々新聞へ出る写真でなんとなく憧れていた。島村抱月との恋愛も知っていた。後追い心中だというので、一層ロマンチックに記憶されることになった」(『少年――ある自伝の試み』昭和五十年、筑摩書房)と書いているほどで、その存在は大正から昭和にかけての大衆劇、流行歌の魁となり、戦後も長く歌い継がれた。中原は大岡より二つ年上なので、まだ十二歳だったはずだが、その一時代を画した女優を、またその唄の一節を、自分の詩に留めていることは注目されていいだろう。中原には「煙草のめのめ」の歌詞、「煙《けぶり》よ、煙《けぶり》よ、ただ煙《けぶり》／一切合切、みな煙《けぶり》。」からくるような「一切合切キリガミ細工」(「夏の明方年長妓《あけがたとしま》が歌つた」）「一切合切みんな下駄」（「自滅」）のような詩句もある。
かつ散文作品「亡弟」（昭和八年十月）にも、次のような場面がある。

女給達は、閑《ひま》なもので、四五人も私達のそばに来てゐた。そして、てんでに流行歌を、外は風や雨なので、大きい声で唄つてゐた。急に気温が低くなり、私は少々寒くなつたので、やがて私も唄ひ出した。やがてコックが上つて来て、我々の部屋の五つばかりの電燈を、三つも消してゆくと、我等の唄声は、益々大きく乱暴になつてゆくのであつた。

中原の散文を読むと、そのほとんどが緻密な〈描写〉から成り、〈比喩〉たる詩との書き分けに驚嘆するのだが、ここでも人々の輪郭や情景は実にはっきりしている。ここに見られるように、いま思うよりはるかに、流行歌は中原に入り込んでいた。
同じ昭和六年、十月十六日安原喜弘宛書簡で、

核心のまはりに、多分のエナをつけてゐて、未進化なものではありますが、そのかはり猶、濃密に核心がこれと分るやうに見付かります。

と賞揚し、歌詞を書き取っている「月の浜辺」も、島田好文作詞、古賀政男作曲のヒット曲で

ある。

月影白き、波の上、ただひとりきく　調べ。告げよ千鳥、姿いづこかの人。あゝ狂ほしの夏の夜。こころなの、別れ[14]。

中原が長谷川泰子の嫁いだ田園調布の中垣邸で酒に酔い、応接間の絨毯に大の字になって繰り返し喚いた「サーカス（曲馬団）の唄」も西條八十のものだった。作曲した古賀政男が、一読して背筋がぞくぞくするほど感動したという歌詞は次のようなものだ。

旅の燕《つばくら》　寂しかないか
おれもさみしい　サーカスぐらし
とんぼがへりで　今年もくれて
知らぬ他国の　花を見た

きのふ市場でちよいとみた娘
色は色白　すんなり腰《ごし》よ
鞭のふりよで　獅子さへなびく

可愛《かは》いあの娘はうす情《なさけ》
あの娘住む町　恋しい町を
遠くはなれて　テントで暮らしや
月も冴えます　こゝろも冴える
馬の寝息で　ねむられぬ

朝は朝霧　夕《ゆうべ》は夜霧
泣いちやいけない　クラリオネット
ながれながれる　浮藻《うきも》の花は
明日《あす》も咲きましよ　あの町で(15)

ちなみにこれは昭和八年の流行歌であり、中原の代表作「サーカス」(初出「生活者」昭和四年十月)よりはるかあとである。中原がこの歌を唄く姿を伝えるのは高橋幸一という、中原とアテネ・フランセで知り合い、日本橋の酒場ウィンザーで再会、中原の口利きで中垣家に居候していた人物である。(16)このころの日記や書簡には、自身が仕事についていないのに他人の就職の世話をやいたり、酒を振舞うために借金するなど、中原の意外なほどの人間好き、世話好きの一面が浮かび上がる。違った角度から興味深いが、高橋の伝える中原の「オレは西條八十は買わないが、この歌だけはいい」という言には私は懐疑的である。中原が八十を批判した文章はなく、先に見たように八十を読み、歌詞を口にしていたことは明らかであり、まず普通に考えて、嫌っている詩人が選者をしている懸賞になど応募したりはしないのではないか。嫌いであることを表明している文学者が実はよく似ていたり（三島由紀夫と太宰治のように）、濃密な師弟関係にありながら、実は驚くほど資質が違っていたり（北原白秋と萩原朔太郎のように）するのはよくあることだ。

その懸賞に名の通った多くの詩人が応募した、ということからも[17]、当時、詩人が歌詞に手を染めることに偏見はなく、中原の詩が、音楽のジャンルは異なるにせよ、まず音楽団体スルヤの楽曲の歌詞として提供され、活字となっていた事実なども思い起こさなくてはなるまい[18]。中原は広い意味でのポエジー、抒情、「歌」、というものに敏感に、大きな器で接していた。

＊

中原と八十には、他にも、ランボオの訳者という共通点がある。八十は、大正十三年、留学時代にパリでベリションによるランボオの伝記を読み、柳澤健とともに、ランボオの故郷シャルルヴィルを訪ねている。日本の知識階級にランボオ熱のひろがる、はるか前のことである。八十のこの留学期間は、当時、雑誌「童話」の投稿欄レギュラーであった下関の金子みすゞにとって、選者が吉江孤雁に変わったことにより、選にほとんど漏れる暗黒時代となった。
その後、八十は戦時下から晩年にいたるまで、ランボオ論を断続的に発表しながら、自ら言うところの「蜘蛛の網にひっかかった昆虫のように」ライフワークとして興味を持ち続けている。[19]一冊にまとまったランボオ論が世に出るのは、はるか後の昭和四十二年のことであるが、翻訳は、たとえば八十は「冬の夢」(中原訳では「冬の思ひ」)「四行詩」を、[20]また「渇けるものの劇」(中原訳では「渇の喜劇」[21])を、先んじて発表している。
「渇けるものの劇」初出の「PANTÉON」(昭和三年四月)は予約配布の雑誌であり、入手しにくいそれを、中原は見ていただろうか。両方を読み比べると言葉の手触りはかなり異なる。

我。——否、これらの純《きよ》き飲物《のみもの》
　これら盞《さかづき》をかざる水の花々、
　また伝説も、俤も、
　もはやわが渇《かわ》きを癒《いや》さじ。

小生。——きれいなお魚《さかな》はもう沢山、
　　水入れた、コップに漬ける造花だの、
　絵のない昔噺は

(西條八十)

もう沢山。（中原中也）

仮に見ていたとしても、自身の翻訳と照らすほどの精読はしなかったであろうことが、この箇所からうかがえる。原文は、

MOI —Non, plus ces boissons pures,
Ces fleurs d'eau pour verres;
Légendes ni figures
Ne me désaltèremont;(22)

中原の訳の、お魚（poisson）は boisson（飲み物）の勘違い、単なるミスと見受けられるが、自分の訳と八十のものをすり合わせていたら気づいていたはずだからである。翻訳された時期は、新編全集3解題で、昭和九年九月から十年三月末、もしくは昭和十一年六月から十二年八月ごろとされているが、早い時点ですでにこの詩集を、

ラムボオつて人はほんとに素晴らしいんだ。'Commédie de la soif' を読め。人が一番直接歌ひたいことを正直に実践してゐる。（昭和二年八月六日 日記）

と絶讃しているように、中原の「渇の喜劇」愛誦は長い期間にわたる。その一節を引いた書簡、

うまい酒と、呑気な旅行と、僕の理想の全てです。問題は陶然と暮せるか暮せないかの一事です。「さば雲もろともに溶けること!」なんて、ランボオもういいやつではありませんか。

(昭和十二年九月二日、安原喜弘宛)

これを見ると、いかにランボオが、中原の生活シーンのあちこちで口にのぼるものになっていたかが伺える。右の原文は、

Mais fondre où fond ce nuage sans guide,

であり、中原訳『ランボオ詩集』(昭和十二年九月、野田書房)では「さば雲もろとも融けること、」となっている。中原以外の訳では、八十の、

されど、われは案内者も無きこの雲の/溶くるところに溶けゆかんとす、

同時代の小林秀雄、

よし、当てどない浮雲の、とろける処でとろけよう。[23]

ちなみに、後の時代の訳を参照すると、金子光晴、

ゆくあてもない浮雲のうすれて消えるあたりで、消えていつてしまえたら[24]

堀口大学、

消えましよ、手引きもなしにかの雲の消ゆるあたりに[25]

いずれもフレーズを記憶して、一息に手紙の要所に引用できるような呼吸の訳ではない。これは一例にすぎないが、中原の訳は見ての通り原文の逐語訳ではないものの、その詩行の持つ肝を直接に摑んで、きわめて平易な言葉でさしだし、唇にのせやすいものとなっている。ここには中原の詩の特徴――中原自身の言葉を借りれば「丘でリズムが勝手に威張つて、そんなことは放つてしまへといふ」(「詩人の嘆き」)――創作につながる息の間合い、詩作の生理と同じ

流れが垣間見える。

一方、八十は中原の『ランボオ詩集』を意識して読んでいた。昭和四十四年の「ランボーをめぐって」という座談会に、

「あの時分、野田という少年がおって、本屋をやっておって、そこから中原中也の訳詩集を……それくらいのものじゃなかったかしら」

との言及がある。(26)

この座談会の参加者は、八十のほかに井上究一郎、朝吹三吉、西脇順三郎、佐藤朔。関東大震災の翌年、パリでベリションのランボー伝を読み、早い時期から興味を抱いていた八十に思い出を聞くという体裁をとっている。

「西條先生のころ、一九二四年ころのランボーの翻訳はどうですか。中原中也はもっとあとでしょう」(佐藤)

「いや、そのころじゃないですか」(八十)

と、もっとピンポイントでせまる会話がある。事実としては一九二四年(大正十三)は、中

原はダダの時代であり、京都で富永太郎と知り合う少年時代とも言っていいころなのだが、八十の裡では、中原は自分と並ぶランボオ紹介の先駆者とされているのである。この記憶違いには、八十の中原評価の一端が現れているだろう。

八十は、自身がランボオに惹かれるのは、詩風が正反対であるにもかかわらず、その生涯に惹きつけられた旨をのべているが(27)、八十と中原、二人の詩人が底のほうで共通する嗜好を持つことは興味深い。

「詩と其の伝統」(昭和九年)で「芸術といふものが、普通に考へられてゐるよりも、もつとずつと大衆との合作になるものだからである」と述べる中原は、ポピュラリティというものに生得とも言える敏感さを持ち、狭量な固定観念や衒学からも自由な人であった。周囲の友人、昭和の知性の旗手たちに揉まれてはいても、時代に君臨する西條八十を看過するほど、中原中也はうかつな人ではないだろう。その伏流水には、大正昭和の広い詩のシーンを作った西條八十が、ひそかに流れ込んでいる。

(1) 北川透『中原中也の世界』昭和四十三年、紀伊國屋新書
(2) 分銅惇作『中原中也』昭和四十九年、講談社現代新書。中村稔『中也のうた』昭和四十五年、社会思想社現代教養文庫
(3) 「地上組織」草稿、大正十四年十月〜十一月と推定

（4）荒木亨はこの象を「かたち」の意とし、アルカイックな理想時代、人類全体の幼年時として、「古代の象の夢」を「言葉と身体と宇宙の一瞬の、しかし完璧な調和を希う詩人本来の理想」としていた。「中也の「極限のはぐらかし」とヴェルレーヌの「メプリーズ」」、『中原中也研究』昭和五十年、青土社
（5）『日本国語大辞典』小学館
（6）朝日新聞記事の所蔵は佐々木幹郎。旧論掲載は「国文目白」二十号、昭和五十六年二月、日本女子大学国語国文学会
（7）NAKAHARA Chûya, *Poèmes*, traduits du japonais per Yve-Marie Allioux, Éditions Philippe Picquier, 2005
（8）『西條八十全集』8、平成四年、国書刊行会
（9）昭和八年七月三日、安原喜弘宛書簡
（10）大久保慈泉『うたでつづる明治の時代世相』（下）、昭和四十三年、国書刊行会より引用。作詞作曲者不詳。明治三十四年、熊本二本木の遊郭「東雲楼」に起こった娼妓のストライキに端を発する。
（11）『白秋全集』29、昭和六十二年、岩波書店
（12）CD『恋し懐かしはやり唄』5、平成十年、日本コロムビア
（13）『新編中原中也全集』2解題篇参照、平成十三年、角川書店
（14）中原の書簡中の歌詞のまま引用。実際の歌詞とは記憶違いがある。『新編中原中也全集』5及び解題篇参照、平成十五年、角川書店
（15）（8）に同じ

（16）「断片的回想」、『新編中原中也全集』別巻（下）、平成十六年、角川書店
（17）（13）に同じ
（18）加藤邦彦「歌曲・朗読・ラジオ放送――中原中也像の形成に即して」、「早稲田大学大学院文学研究科紀要」四十六輯第三分冊、平成十三年一月。『中原中也と詩の近代』平成二十二年、角川学芸出版所収
（19）『西條八十全集』5、平成七年、国書刊行会
（20）「愛誦」昭和二年十二月、『新撰西條八十集』昭和四年、改造社。『世界文学全集』37、昭和五年、新潮社所収
（21）「PANTÉON（パンテオン）」一号、昭和三年四月、第一書房。『新編中原中也全集』3解題篇参照、平成十二年、角川書店
（22）Rimbaud, *COMÉDIE DE LA SOIF*, Poésies.Une saison en enfer.Illuminations.folio classique, Éditions Gallimard, 1999版より引用
（23）『ランボオ詩集』昭和十二年、野田書房。昭和四十七年、東京創元社より引用
（24）『ランボオ詩集』昭和二十六年、角川文庫。昭和五十三年改版第十六刷より引用
（25）『ランボオ詩集』昭和二十六年、新潮文庫。昭和四十七年第二十七刷より引用
（26）「無限」二十六号、昭和四十四年九月、座談会「ランボーをめぐって」
（27）『西條八十全集』15、「アルチュール・ランボオ研究」あとがき、解題・解説（上村直己）参照、平成十六年、国書刊行会

三富朽葉《くちば》よ、いまいづこ、「秋」の遺伝子

千葉県、犬吠埼灯台の下に広がる君が浜――今では人工リーフが敷かれ、荒波が岸を浸食するのを防いでいるが、地元の漁夫さえ泳ぐことはないという潮流、東から打ち寄せる太平洋のしぶきの際にひっそりと、この地で逝った二人の青年詩人を記念する「涙魂の碑」は建っている。

僕等《ぼくら》の泳《およ》ぐ處《ところ》は物凄《ものすご》い處《ところ》です

（大正六年八月一日、今井白楊絶筆、東京の下宿先伊藤まさ宛絵葉書、
大正六年八月四日、東京朝日新聞）

詩友、今井白楊が波に呑まれるのを救おうとして、ともに波にさらわれた三富朽葉の遺体が

確認されたのは、遭難後三日経った、大正六年八月五日午後であった。

大正六年八月三日の朝の、昧爽《しののめ》に戸々《ここ》の門口へ投げいれられた新聞紙には、その前日銚子の海に遊泳《いうえい》中溺死《できし》した、二人の青年詩人の遭難顚末《てんまつ》や、その略歴や、日常事や逸事などが、知人の追悼談話とともに紙面の多くをとり、読む人毎に悲痛な衝感《ショツク》を與へた。挿入した遭難者の写真が、いかにも友情にみちた、おだやかな、眉目清秀《びもくせいしう》な若人《わかうど》達であったことが、どれほど人の心を囚へいたましめたかしれなかつた。

（上）君が浜灯台、（下）涙魂の碑（撮影＝筆者）

その一人は今井白楊《はくやう》といひ、も一人は三富朽葉《きうえふ》といつた。

（長谷川時雨「流転の芝露子」大正八年八月記(1)）

三富朽葉の名を、最近刊行された本で若い読者が見るのは、いまや『新編中原中也全集』のなかくらいかもしれない。詩を含めると朽葉の名は四回にわたり登場する。ひとつは昭和二年六月四日の日記に、岩野泡鳴、高橋新吉、佐藤春夫、宮沢賢治と並び、おそらくは評価する詩人のリストとして、またその後は昭和九年九月の評論でも、明治以来の評価に足る詩人として名を挙げる。

詩、即ち明治の初めに新体詩と呼ばれて以来の所謂詩なるものは、短歌・俳句より、形も種々であり長さも長く、工夫の余地も従つて長く、その態度・手法も様々ではあるが、要するに猶伝統の短いせゐもあつて、印象派以上に出でるものはまづないと云つて差支へない。即ち後期印象派たるがものがないのである。偶々印象以上に出でたものがあるとしたならば、それは何らか既に一般化された主観的な観念——即ち諸行無常と云ふが如きを通して歌ふが如く語られた場合にあつたので、それとしてなら藤村なぞ立派に成功したのであるが、後期印象派の要求が要望される限り、明治以来今日に到るまで、辛うじて三富朽葉と、岩野泡鳴を数へることしか出来ないやうに思はれる。

「（無題）（自体、一と息の歌）」

また、昭和十一年十月三十日の日記にも『三富朽葉全集』(『三富朽葉詩集』大正十五年刊と同じ)の読書記録があり、長い間、座右にしていたことがわかる。中原の愛好した詩人、三富朽葉――その作品から「魂の夜」を見てみよう。

もはや秋となつた。やがて此の明るい風物に続いて、鴉の群が黒い礫のやうに灰色の空を飛び散る、鬱陶しい冬が来るであらう。

四季と群集との中に在つて、脆く苦《にが》い、また物怯ぢする私の生命をば運命は異様に麗しく飾つた。私は常に感性の谷間《たにあひ》を彷徨《さまよ》つて空気から咽喉《のど》へ濃い渇きを吸つた。又、夢魔に魘《うな》されるやうな私のか碧い生活の淵にも、時時幽妙な光りが白んで煌いた。幽玄と酷薄との海に溺れて、私の紅い祈禱と生命の秘鍵とは永久に沈み入るであらう。

秋の夜の長い疲労の後、私は眠られぬまま、とりとめのない、やや熱に浮かされたやうな物思ひに耽つてゐた。

私は何処とも知れぬ丘の上に、ゆるやかなマントオに身を包ませて、土塗《まみ》れのまま横はつてゐる。眼《まなこ》の上には一旒の黒い旗がどんよりと懸かつてゐて、その旗は夏の白日《まひる》の太陽の耀くやうに烈しく私の額を照した。

私は薄ら明りの高窓から海底のやうな外を覗いた。遠方にもう夜が静かに紅い翅を伸《の》し拡げ、蒼い瞳を見開いてゐる。私の唯一の宝はおもむろに彼方の夜の中に掻き消えてしまつた。泉の周辺《ほとり》に色や匂ひが一杯に溢れてゐる。その傍を獣《けだもの》は一匹づつ、人は一人づつ、長い間《ま》を置いて走る。獣は光りの如く飛び、人は悲鳴を挙げた。いつまで見てゐても影は一つづつであった。

私は何といふこともなく涙を落した。そして《愛》に対する消し難い悲嘆に襲はれた。

眼が覚めると、もう朝であつた!雨の音と、そして、例へば牢獄《ひとや》の中へ僅かに射《さ》し入るやうな薄白い光線とが取り乱した身の周囲《まはり》に零《こぼ》れてゐる…

（「散文詩集　生活表」）

多くの読者が、ここに、明治四十一年というきわめて早い時期に直輸入されたボードレールやランボオ、そして中原中也の多くの名作のエッセンスが含まれているのを見るだろう。そして作品を見るかぎりでは何よりも濃く、富永太郎の詩の香気、とりわけ「秋の悲歎」を思い出すのではないだろうか。

私は透明な秋の薄暮の中に墜ちる。戦慄は去つた。道路のあらゆる直線が甦る。あれらのこんもりとした貪婪な樹々さへも闇を招いてはゐない。

私はたゞ微かに煙を挙げる私のパイプによつてのみ生きる。あの、ほつそりとした白陶土製のかの女の頸に、私は千の静かな接吻をも惜しみはしない。今はあの銅《あかゞね》色の空を蓋ふ公孫樹の葉の、光沢のない非道な存在をも赦さう。オールドローズのおかつぱさんは埃も立てずに土塀に沿つて行くのだが、もうそんな後姿も要りはしない。風よ、街上に光るあの白痰を搔き乱してくれるな。(……)

夕暮、私は立ち去つたかの女の残像と友である。天の方に立ち騰るかの女の胸の襞《ひだ》を、夢のやうに萎れたかの女の肩の襞を私は昔のやうにいとほしむ。だが、かの女の髪の中に挿入つた私の指は、昔私の心の支へであつた、あの全能の暗黒の粘状体に触れることがない。私たちは煙になつてしまつたのだらうか? 私はあまりに硬い、あまりに透明な秋の空気を憎まうか? (……)

「秋の悲歎」——実は三富朽葉にも同じ題の作がある。

マリアが私を去つて、他の星——オリオンかアルタイルか、又は汝緑のヴェニュス?

――に行つてより、私は常に寂寥に親んだ。如何ばかり永い日日を、ひとりわが猫と共に送つたらう。唯ひとり形ある者の聲も知らず、わが猫が幽玄の伴侶《とも》、霊である。
（三富「秋の悲嘆」、マラルメ「Colloque Moqueur」の翻訳）

一方、富永太郎は、このマラルメの原詩そのものを題とする、次のような詩を書いている。

立ち去つた私のマリアの記念にと
友と二人アプサントを飲んだ帰るさ
星空の下をよろめいて、
互の肩につかまりあつた。

――もうあの女《ひと》に会へないと決まつたときは
泣いたせゐで、俺は結膜炎に罹つたつけ。
（富永「COLLOQUE MOQUEUR」）

さらに引用をつなげるが、一方で中原には初期に、明らかにフランスの詩と、富永とを意識したと思われる作がある。

最早、あらゆるものが目を覚ました、黎明は来た。私の心の中に住む幾多のフェアリー達は、朝露の傍では草の葉つぱのすがすがしい線を描いた。
私は過去の夢を訝しげな眼で見返る……何故《ナニユヱ》に夢であつたかはまだ知らない。其所に安坐した大饒舌で漸く癒る程暑苦しい口腔を、又整頓を知らぬ口角を、樺色の勝負部屋を、私は懐しみを以て心より胸にと汲み出だす。だが次の瞬間に、私の心ははや、懐しみを棄てゝ慈しみに変つてゐる。これは如何したことだ？……けれども、私の心に今は残像に過ぎない、大饒舌で漸く癒る程暑苦しい口腔、整頓を知らぬ口角、樺色の勝負部屋……それ等の上にも、幸ひあれ、幸ひあれ！

（中原「或る心の一季節——散文詩」）

これら一連の詩篇を見ると、富永が、三富の「秋の悲歎」という題を自作詩に借りたので、翻訳では原題そのままにしたのではないかという想像、三人の生きた時代を時系列で脳裏に描き、三富のマラルメ「秋の悲歎」——題を貰い他の詩を書く富永——それをうけた創作をし、あるいは「秋の愁嘆」とパロディで返歌する中原（後述）——まるで連詩のような、……あたかも「座の文芸」のように詩が作られ、三者のインスパイアの連鎖で詩が磨かれていったかのような思いにとらわれないだろうか。しかしそのようなロマンティックな読者の幻想は、各詩人の年譜を見ると、まったくの偶然に過ぎないとわかる。『三富朽葉全集』（昭和五十三年）編注によれば、朽葉の発表された翻訳は、わかっているかぎりでマラルメの一点「哀れ蒼ざめた子供よ」(「創作」二巻一号、明治四十四年一月)があるのみで、それらはほとんどが筐底にあり、大正十五年十月十五日『三富朽葉詩集』が刊行されたときには、富永はもうこの世にいないのである。

三富朽葉、本名・義臣は、明治二十二年八月、長崎に生まれ七歳で上京、暁星中学時代に熱心にフランス語を学習のかたわら短歌を「文庫」に投稿、早稲田予科に進んで、のちは自由詩のパンフレット「自然と印象」などに作品を発表している。マラルメの「秋の悲歎」は明治四十一年、三富朽葉十九歳のとき原語より訳された。「魂の夜」は明治四十四年から四十五年の執筆、詩作品は四十年ごろから「文庫」、四十二年ごろから「早稲田文学」「文章世界」「創作」等に発表されているが、それらの雑誌および、三富が人見東明、福田夕咲、加藤介春、今井白楊らとつくっていた「自由詩社」のパンフレット「自然と印象」、これらの古い雑誌を富永と中原が見ていた、あるいは小林秀雄など東京の友人から三富の存在を教えられた可能性は少ないだろう。小林、富永、中原の三者の間にあるのは、よく知られるように上田敏のランボオ訳や岩野泡鳴の『表象主義の文学運動』だった。中原が初めて三富を知ったのはおそらく大正十五年十月の『三富朽葉詩集』の刊行によるもので、中原の「秋の愁嘆」は大正十四年十月、先立つ富永の「秋の悲歎」は大正十三年、つまり三富と二者の相関関係はないわけである。大正十五年、友人たちにより刊行された遺稿集『三富朽葉詩集』は、当時の詩壇で、朽葉の口語に対する熱意には感歎すべきものがある。彼は日常口語を詩語にまで高めようと努力した最初の犠牲者であつたといへる。彼の数少ない詩篇は、その痛ましい戦ひの歴史である。

（佐藤一英、「日本詩」昭和九年九月）

その死後に於て生前に於てよりも、より高く、より正しく評価された唯一の幸運な詩人は三富朽葉であるかも知れない。又朽葉は事実それだけの価値のある詩人でもあつた。朽葉は一面フランス象徴詩の正確な紹介者として学者的素質と造詣を充分にもつてゐたと共に、他面我国象徴詩の最高のレベルに達した優れた詩人であつた。

（折戸彫夫、「詩人時代」昭和十年二月）

右のような高い評価を得ていた。中原の三富評もそのなかのひとつである。『三富朽葉詩集』の衝撃は大きな余波を生み、そこから中原中也も育ったのだった。

宵に寝て、秋の夜中に目が覚めて
汽車の汽笛の音《ね》を聞いた。

三富朽葉《くちば》よ、いまいづこ、

明治時代よ、人力も
今はすたれて瓦斯燈は
記憶の彼方に明滅す。

宵に寝て、秋の夜中に目が覚めて
汽車の汽笛の音を聞いた。

亡き明治ではあるけれど
豆電球をツトとぼし
秋の夜中に天井を
みれば明治も甦る。

あゝ甦れ、甦れ、
今宵故人が風貌の
げになつかしいなつかしい。
死んだ明治も甦れ。

宵に寝て、秋の夜中に目が覚めて
汽車の汽笛の音を聞いた。
（「（宵に寝て、秋の夜中に目が覚めて）」推定昭和七〜十一年）

中原の未発表の詩である。中原にとって明治を引き寄せるよすがとなるものは、まったく無名で死んだ三富であった。

それにしても、詩人なり作家、あるいは画家であってもよいが、芸術家の作品、功績を人が慕い愛するとき、そこにあるのは作品の魅力という要素だけだろうか。享受する側のさまざまな好み、立場を超えて、作品のみに魅了、牽引されるということは潔く理想的ではあるものの、芸術家の属性、環境など、もし知り得たならばそれらに対するシンパシーが何らかの形で影響することは否めないのではないか。

このようなことを書くのは、中原が三富朽葉という詩人に、「全集」で、いわば総体で触れているからであり、そこには村松剛が「別れた女にあてた書簡として、世界の文学史にも例を見ない異様なもの(2)」と評する、三富が妻にしていた通称マドモアゼル・ブランシュ宛の書簡が載っているからである。

長崎の素封家の一人息子であり、かつ跡取りのない本家の伯父の家督も相続して金銭的な苦労のなかった三富は、明治四十五年、箱根塔ノ沢の、少女のような芸妓「いろは」——高木しろ子に出会い、大正二年妻に迎える。仏英和女学校に通わせ、自らフランス語の手ほどきをし、ヴァイオリンを習わせなどしたが、しろ子はこの手の愛情表現を苦痛としたばかりか、ヴァイオリン教師のもとで新しい恋愛の相手を得てしまう。三富は物わかりよく二人の関係を承知し、出資までしてしろ子を解放したにもかかわらず、しろ子はその関係にも破れ、女優に憧れ旅芸人となり、再び褄を取る巷にもどることになる。三富は、大正五年の別離後も、よくしろ子に会いに行き様々な援助を惜しまない。

私はあなたに逢ふと胸の中がへんになります。あなたと喧嘩をするぐらゐなさけないことはありませぬ。(……)私達が別れてから未だ三月と少しにしかなりませぬが、何だか大変長い月日がたつたやうな気がします。まるで夢のやうです。色色思ひまはせば、むねのおくがにえぐりかへるやうな気がします。あなたに対してつらく当つたことばかりが心に浮んで来ます。(……)あなたの書いたもの、あなたの残して行つたものを見る度に、私はなんとなくお祈りでもしたくなります。(……)

大正五年五月十七日夜

常におん身の幸福を祈る者より

きよらかなるブランシュ様

人に愛され、親まれるといふことは、ずゐぶんうれしいことですよ。(……)自分を愛してくれる人のかんがへはできるだけきかねばなりません。(……)まじめなくらしにかへるならば、ごくすこしの人たちは、あなたを心から愛し、心からそんけいし、そしてあなたは、くもりのない気持のいいくらしができるでせう。そして私は夢《む》ちゅうになって、あなたを愛してしまふでせう。そして、その愛情のおかげで、あなたのおかげで、この馬鹿者の私もだんだんえらくなれませう。（……）

大正六年六月二十四日夜

あなたはほんとにふしあはせですね。私はあなたがかあいさうでしやうがありません。（……）私があなたをどんなにかわゆく思ったか――それがもしもあなたにわかる日があったら、たぶん其の時あなたは私に愛情を持つやうになるかも知れません。　同　七月二日夜

おととひは朝四時過ぎに起きて、あしか島へまゐり、波うちぎはへ MA CHÈRE SHIRO と書いてみましたが、波が来てすぐ字を消してしまひました。それで今度は水力電気のわきへ、白い砂の中へ黒い砂でていねいに、ただ MA CHÈRE と書きました。その字は今でもちゃんとのこつてゐます。そのわきへすわつて時時私はあなたの事を思ふのです。バカですね。

同　七月二十五日

三富が波間に消えたのは、この一週間後であった。

長い引用になったが、ここにはいやおうなしに、近代文学史のなかで特異と言われ続けた中

原と長谷川泰子の関係が重なって見えてはこないだろうか。私はこれらを読んで、詩集として『山羊の歌』を読むときに、長年、咽喉にささる小骨のように感じていた詩句の数々、「彼女の心は真っ直い！」「彼女は可哀想だ！」「かくは悲しく生きん世に、なが心／かたくなにしてあらしめな。」「私はおまへのことを思つてゐるよ、／いとほしい、なごやかに澄んだ気持の中に、／昼も夜も浸つてゐるよ、／（……）／私はおまへを愛してゐるよ、精一杯だよ。」（「無題」）等の詩句が、すんなり飲み込めるようになったのである。中原が泰子について書くときの手放しの無防備、中原らしからぬ無批判は、意外とこのような、先行する轍を持っていたのではないかと考えると納得がいく。言い方を変えるなら、中原と三富は、生涯において femme fatale に出会う幸いを得たものとして、至極当たり前の道を辿ったにすぎなかった。このような見方は私の好むところではないが、三富朽葉という詩人に中原が書簡ぐるみ、総体で触れていたことを知るなら、この書簡に眼を向けずにはおれないのである。

ともあれ、中原の三富評価の中心は、パルナシアンの作品翻訳・研究の先駆者として、また、それに霊感をうけての詩作品であり、その背後には、なによりも「彼より仏国詩人等の存在を学ぶ」（「詩的履歴書」）、師であった富永太郎が大きく重なっていよう。三富の詩業を知ったとき中原は、おそらくは眼をみはり、亡き富永の魂に語りかけたのではないか。

倦怠《つかれ》、倦怠《つかれ》、／夜《よ》と日に、／絶えず麻痺して働く意識の、／心苦しく、懶い連続。

（三富「顫律」、「自然と印象」一号、明治四十二年）

Honte《オント》! honte《オント》!／干割《ひわ》れた　咽喉《のんど》／わが身を　涸らせ／わが身を　曝らせ

（富永「恥の歌」、大正十四年）

私は雑沓を追ひ求めて歩く、／人人に随つて行きたい、／／荒い渇きに嘔《むか》ついて、／私は雑沓を追ひ求めて歩く。

（三富「のぞみ」、「新潮」十二巻二号、明治四十三年）

私には群集が絶対に必要であつた。徐々に来る私の肉体の破壊を賭けても、必要以上の群集を喚び起すことが必要であつた。

（富永「断片」、大正十四年）

三富と富永がなんら直接の関係を持たず、それぞれ独自に酷似する世界を築いていることは、文学史の奇跡だろう。後世の読者は、外国の詩、それもフランスの原語からのインスパイアが、どのようにその原語に通じた日本の詩人たちの言葉を磨き上げたか、その二例を、時を隔てた二人の詩人にみて眼を見張ることになる。三富は、西條八十に、

朽葉こそは日本人で、原語でフランスの象徴派を味はひ、その直接の影響のもとに詩作し

た最初の詩人であつた。かれ以前文壇で象徴派呼ばはりをされた詩人は、有明でも泡鳴でもみんな英訳でボオドレエルやヴェルレエヌを読むが、あるいは上田敏あたりの訳詩や紹介評論によつて、頭の中で勝手な象徴主義を築き上げ、それを信奉した人々であつた。朽葉はその水を率先して源泉に汲んだ。

（「あの詩人・この詩人」『近代詩の史的展望』河出書房、昭和二十九年）

と評され、明治四十三年、パテルヌ・ベリションの抄訳「ラムバウの生立」を「劇と詩」に発表、小林秀雄に十数年先立ちアルチュール・ランボオ伝を書いていた先駆者だった。

三富の十九歳のときの歌に、

潮はやき海の底にもかくれ入り　君のがれんと泣けば泣かれて

があるのを知ると、詩人とは、自身の生命の先を透視する能力を与えられた人の謂か、と慄然とする。その無名の人の遺稿は友人らによって大正十五年十月、『三富朽葉詩集』にまとめられ、少年時から鍛えられた語学力に基づく作品は、中原中也という後の詩人の五本の指にかぞえられることになった。あたかも志半ばで病に倒れた富永太郎の詩集が友人らにより編まれ、太宰治の心に清廉な記憶を残したように。

かつて私は、書簡もなければ日記もない、詩十篇ぐらいに訳詩十篇ぐらいの、いい遺作集を愛読したことがある。富永太郎というひとのものであるが、あの中の詩二篇、訳詩一篇は、いまでも私の暗い胸のなかに灯をともす。唯一無二のもの。不朽のもの。

（『もの思う葦』、初出「日本浪曼派」昭和十年十一月号）

詩集というもののいくつかは、詩友から、早世した詩魂に捧げられた友情の記念碑として遺されている。そして、やがては中原中也の第二詩集『在りし日の歌』にも、同じ運命が待っていた。

＊

ところで中原には、先に見た富永の「秋の悲歎」に似た題の、「秋の愁嘆」という詩がある。

あゝ、秋が来た／眼に琺瑯の涙沁む。／あゝ、秋が来た／胸に舞踏の終らぬうちに／もうまた秋が、おぢやつたおぢやつた。／野辺を　野辺を　畑を　町を／人達を縦躙に秋がおぢやつた。／その着る着物は寒冷紗／両手の先には　軽く冷い銀の玉／薄い横皺平らなお顔で／

笑へば籾殻かしやかしやと、／へちまのやうにかすかすの／悪魔の伯父さん、おぢやつたおぢやつた。

この詩は、大岡昇平により、富永太郎の「秋の悲歎」のパロディであると言われている。[3] 大正十三年七月に京都で知り合った富永と中原は、数か月にわたり密に交際、富永は十月に「秋の悲歎」を書き、小林秀雄と村井康男宛手紙に同封、小林に「はゝあランボオばりだな、と言つてもいゝ。とにかく日本流行の「情調派」でないといふレッテルをつけてくれたら本望だ。」（大正十三年十月二十三日）と書き送っているように、これは富永がスタイルを作った決定作、自信作であった。中原が「秋の愁嘆」を書くのはおよそ一年後の大正十四年十月七日、二人の舞台は東京に移り、関係は悪化している。

それにしても「秋の愁嘆」が「秋の悲歎」のパロディであることを、私たちは題の類似と大岡昇平の指摘なしに気づくことができるだろうか。それほど、二つの作品の手触りは異なるものである。北川透、佐々木幹郎はここに北原白秋の「秋」のパロディを見る。[4]

日曜の朝、「秋」は銀かな具《ぐ》の細巻の／絹薄き黒の蝙蝠《かうもり》傘さしてゆく、／紺の背広に夏帽子、／黒の蝙蝠傘さしてゆく、／／瀟洒にわかき姿かな。「秋」はカフスも新らしく／カラも真白につつましくひとりさみしく歩み来ぬ。／波うちぎはを東京の若紳士めく靴のさき。

（白秋『東京景物詩及其他』）

中原の「秋」は、富永の実現した翻訳と見紛うばかりのきらびやかなパルナシアンの詩へ、敢えて露悪的な泥臭さをつきつけたものであるとしても、やや奇妙な、童話に登場する怪物のような姿である。フランスの「秋」を血流に取り込んだ富永、季節を風俗に取り込み、それぞれ独自のイメージに擬人化する白秋、中原。読者はさまざまな形で「目にはさやかにみえねども」という日本古来の「秋」とは切れた言葉の時代を実感させられる。

この、お道化のまじった容貌魁偉な「秋」は、中原の後期の作にも登場する。中原にあって、擬人化される季節はいつも秋であった。

漂々と　口笛吹いて　地平の辺《べ》
　歩き廻るは……
一枝の　ポプラを肩に　ゆさゆさと
葉を翻へし　歩き廻るは
褐色《かちいろ》の　海賊帽子　ひよろひよろの
ズボンを穿《は》いて　地平の辺

森のこちらを　すれすれに
目立たぬやうに　歩いてゐるのは
あれは　なんだ？　あれは　なんだ？
あれは　単なる呑気者か？
それともあれは　横著者《わうちやくもの》か？
あれは　なんだ？　あれは　なんだ？

地平のあたりを口笛吹いて
ああして呑気に歩いてゆくのは
ポプラを肩に葉を翻へし
ああして呑気に歩いてゆくのは
弱げにみえて横著さうで
さりとて別に悪意もないのは

あれはサ　秋サ　たゞなんとなく
おまへの　意欲を　嗤《わら》ひに　来たのサ

あんまり　あんまり　たゞなんとなく
嗤ひに　来たのサ　おまへの　意欲を

嗤ふことさへよしてもいいと
やがてもあいつが思ふ頃には
嗤ふことさへよしてしまへと
やがてもあいつがひきとるときには

冬が来るのサ　冬が　冬が
野分《のわき》の　色の　冬が　来るのサ

（「漂々と口笛吹いて」、「少女画報」昭和十一年十一月）

昭和十一年、晩年近くにあって、先の「秋の愁嘆」と直結するようなこの作は、それを読んだ少女、のちの女性詩人のうちに強烈な印象を残していた。

小学校のクラス会、（……）そこで久しぶりに会った友のひとりが、帰りの道すがら突然中原中也の詩のことを話しはじめたので驚きました。もっとも誕生日が一日違い、共に少女雑誌に投書していた仲良しです。「題は忘れたけど、中也の詩。挿絵が加藤まさを、今でも思い出すのよ。とんがり帽子の男がススキを肩にかついでいるの、帽子にはツバが付いていたような気がするけれど。」「帽子は覚えてないけど、茶系の一色刷りの絵、開いた頁の左側の上の方を、枯枝かついで歩いて行く姿だったワ〝あれはサ　秋サ　たゞなんとなく　おまへの　意欲を　嗤ひに　来たのサ〟と言うの、大好き。」私は二人の記憶がぴったり合致したことを、貝合せのようだと思いました。後日、電話で詩の全文を読み伝えると「あら、ポプラだったの？　ススキだとばかり思っていたけど。」担いでいたのが何の枝であっても、詩と、詩に付いていた絵は、そうして少女期の二人の心に歩み込んで今日まで来たことは確かなのでした。毎月いくつかの詩歌が掲載されていたのに、この詩ひとつが中でも鮮明に印象づけられたとしたら、それはいったい何によるのだろうと考えました。（……）戦争をはさんで二人の読者が、還暦を過ぎるまで忘れずにいたのですから。

（石垣りん『詩の中の風景――くらしの中によみがえる』平成四年、婦人之友社）

女性の愛読者は少ないと言われる中原中也だが、これは石垣りん（昭和五年生まれ）世代の女性詩人の、中原の詩への数少ない言及である。中原は、三十歳の生涯にとっては晩年にあたる昭和十一、十二年、「新女苑」「少女の友」などに発表の場を得ていた。

それにしても富永太郎や北原白秋とならべると、中原の「秋」はどちらもなんと田舎じみたことだろう。中原のなかにあった「秋」の変わらぬイメージなのだろうが、海賊帽子は季節外

「少女画報」昭和11年11月

れに色あせ、ひょろひょろのズボンをはき、あるいは、これも夏の名残の寒冷紗――まるで蚊帳でつくったような着物を着ている。白秋の真新しい洗練ではなく、多分に前の季節の残滓をまとい、ひとの意欲を嗤い、人たちを蹂躙する、笑えば乾燥したシニカルな笑顔を歪める、はっきり批評的に作られた存在である。ことさらな非洗練が中原の方法であったことは、都会人の友人に対する態度や、都会育ちの詩人、たとえば立原道造の詩などと並べてみるとくっきり浮かび上がることだが、「ひとの意欲を嗤う秋」という非凡な造形、この、少女向き雑誌にあってさえ、べたな抒情に流れることのない、ある種の〈引っかかり〉が、おそらく石垣りんとその友人に読み流されることなく、脳裏に長く生き続けた詩の秘密、そしておそらくは多くの愛読者を捕えて離さない真骨頂なのだろう。

ふと覚めた枕もとに
秋がきていた。

遠くから来た、という
去年からか、ときく
もっと前だ、と答える。

おとしか、ときく
いやもっと遠い、という

（石垣りん「旅情」、『表札など』昭和四十三年）

石垣りんの枕もとに現れた「秋」は、果たしてどんな姿をしていただろう。

（1）長谷川時雨『近代美人伝』昭和十一年、サイレン社。同書においては冒頭の日付が大正六年七月三日となっているが、誤植と判断し八月に改めた。
（2）『日本近代の詩人たち――象徴主義の系譜』昭和五十年、サンリオ。引用は『三富朽葉全集』

3（下）、昭和五十三年、牧神社による。
（3）『中原中也』昭和四十九年、角川書店
（4）佐々木幹郎『中原中也』昭和六十三年、筑摩書房。北川透『詩の近代を越えるもの——透谷・朔太郎・中也など』平成十二年、思潮社
＊三富朽葉の引用は『三富朽葉全集』昭和五十三年、牧神社による。
＊富永太郎の引用は『現代詩文庫・富永太郎詩集』昭和五十二年第三刷、思潮社による。
＊参考『近代文学研究叢書』第十七巻、昭和三十六年、昭和女子大学光葉会

宙空温泉

——なにか思ひ出せない……

大切な、こころのものよ、

（「朝」）

あれはいったい、どこだったのだろう。いま山口市湯田温泉に行っても、あのホテルがいまのどのへんの場所にあたるのか、訪ねてみようとは思わないのだが。記憶のなかのホテルは、一フロアに一部屋しかないようだった。そう、塔のような建物なのだ。

六畳の部屋にはただ、布団が敷いてあり、何かの控室のようだった。部屋はただ寝るだけなので不都合はない。学生の身には、多分安価らしいのもありがたかった。

しかし温泉なのに、怖いお風呂だった。最上階に浴室だけが、ひとつ、あるのだった。どうみても男女兼用らしい。のぞけば普通の家庭風呂程度の広さ。階段や玄関で他の泊り客と顔を合わせることはなかったが、他に誰もいなかったとは思えない。

どうみても、他人と一緒に入る広さではなかった。露天風呂ではないけれど、あいた窓の外には空だけが見え、宙に浮いたような湯槽は、楽しめないことはなかったはずだ。

かんたんでもいい、入口の戸に、鍵さえ、ついていれば。

わざわざ階段を一階のお帳場まで下りて、戸がどうにかならないか聞いてみたところで、どうにかなるものでもなさそうだった。女性は皆、浴衣のひもか何かで金具を縛り、開かないようにして入るのだろうか。

この板戸をあけて、覗いて、脱衣してあれば先客あり、と遠慮して引きあげるのか。しかし……覗くのは善意の人だけとは限らない。

そしてここは塔の上である。

（ここでは、そういうことは、ない、ときまっているのだ、きっと。）

私は、気が気でないままそそくさと五分くらいで、くつろぎとは程遠くお湯に浸かった気がする。そのこわばりは、初一人旅の緊張、そして子供のころからの、詩というものに関わろうとするときの終わることのない怯えと羞じらいに、どこか結びついているようなのである。

そのホテルをとってくれたのは、中原中也の弟、思郎さんだった。中原家の四男で当主の思郎さんは、ろくに口のきけない、まったく面白味のない女子大生を連れて山口市内を観光案内、その日、禁酒をやぶってしまった。

そのとき怒り心頭だったという美枝子夫人を、私はのちに二十年以上も経ってから、毎年のようにご仏前を持って訪ねることになるのだが。まだ新しかった中原中也記念館に向かって右、ゲートをおそるおそる開けて。

どこの学生、くらいしかわからない者を町じゅう案内し、家に上げ、写真や遺稿を広げてみせ、仏壇に手を合わせることを許してくれる中原家。

この町では、不審者の侵入ということは考えないのだろうか。そういうことは、ない、と、きまっているのか。

眼の前に次々広げられる、詩人ゆかりの品々、卒寿を優に越えたご母堂の柔和な笑顔、表千家の優雅なお手前。

私は何を伺うでもなく、アリガトウゴザイマスという一語しか言えない外国人のように、もったいなくも茫然としていただけだった。

……ホスピタリティ。

そうだった。医院というところは、来る人を拒めない。門を叩く人は患者なのだから。誰であれ、家に迎え入れることに抵抗があってはならないところだった。中原医院の人びとには、おそらく何ら特別なことではなかったのだろう。

思郎さんは翌朝、湯田温泉駅のホームに現れ、驚愕する私に構わず津和野行きの電車に乗ってしまった。初めて食べるという（そうかもしれない、地元の人は）駅弁をいたくお気に召し、一心に箸を動かしておられた。私は思いがけない展開に窓の外を見る余裕もなかった。

それでも問答無用に、記憶している。津和野の街角に響く……

「ひどいカメラだなあ。まるで骨董品だ。ホントに写るんですか」

「あなたはまったくどうしようもなく真面目ですね、堅実というものを絵に描いたようだ」

絡みのＤＮＡ……と思いはしたが、下を向いているしかなかった。

言葉のイメージから程遠い、二十歳の春。

Me Voilà　ホラホラ、これが僕の

あれは夕方やったかなあ、ちょうど孝子さんが天麩羅を揚げていたんです。そこへ中也がやってきて、「お前はこれを何度で揚げよるか。」と尋ねた。彼女はとても明るい性格の女性でしたから、ケタケタと笑いながら、「一〇〇何度。」と答えたんです。すると中也が、「一八〇度でなくてはいけない。」と怒ったように言ってね。それでも孝子さんは、キャッキャと嬉しそうに受け答えしていました。

（末弟　伊藤拾郎(1)）

りこうな女でしたから、孝ちゃんは中也が怒ると、ケタケタ笑っておりました。そして、私にこういったことがありました。「お母さん、あなたは中也さんがガミガミいうときに、真面目になって聞いてじゃからいけんのです。私のようにケタケタ笑っていらっしゃいよ。そうすると、向こうは怒っているのがはりあいがないから、怒るのをやめますよ」「孝ちゃんは笑えるからええけど、私は腹が立って、笑うどころじゃありません。泣きたくなりますよ」

（母　中原福(2)）

アメリカの書店で、シェル・シルヴァスタインの絵本『The missing piece』を見ながら思う。

これは中原中也の生涯だ……。

何かが足りない　それでぼくは楽しくない
足りないかけらを　探しにいく
ころがりながら　ぼくは歌う
「ぼくはかけらを探してる
足りないかけらを探してる
ラッタッタ　さあ行くぞ
足りないかけらを探しにね

（引用は『ぼくを探しに』倉橋由美子訳、講談社）

僕は何かを求めてゐる、絶えず何かを求めてゐる。
恐ろしく不動の形の中にだが、また恐ろしく憔《じ》れてゐる。

（「いのちの声」）

中原の三十年の生涯は、まさに「ぼくを探しに」……全きビッグ・オー《完璧な円》（シルヴァスタイン）

たるべき「自己統一ある奴」（「我が生活（私はほんとに）」）に至るべく、the missing piece《失くしたかけら》を求めて駆け抜けたものだった。

　京都の下宿に大部屋女優をつれてきて、自作の詩を読み聞かせるままごとのような暮らし。山口でのfamilyの重圧を突き破って出奔した者が求めたのは、couple——恋愛でさえない、みずからの欠けたpieceを得たかのような、束の間の充足だった。

　さらに、ひとつの記憶違いを思い出す。

瓜食《は》めば　子《こ》ども思ほゆ　栗食《は》めば　まして偲《しぬ》はゆ　何処《いづく》より　来《きた》りしものそ　眼交《まなかひ》に　もとな懸《かか》りて　安眠《やすい》し寝《な》さぬ
（山上憶良『万葉集』巻五、八〇二）

銀《しろかね》も金《くがね》も玉も何せむに勝《まさ》れる宝《たから》子に及《し》かめやも(3)
（同、八〇三）

　私は右の反歌の第三句、「何せむに」を長いあいだ、「銀も金も玉もいかにせむ」と思い込んでいたのである。どうしてだろう。後世の異文に「いかにせむ」があって、そちらを覚えていたのだろうか。しかし原文にあたっても万葉仮名で「奈爾世武爾《なにせむに》」であり、他の訓みはない。

　間違いの原因は、中原中也の詩が二重写しになっていたためだった。

ゆめに、うつつに、まぼろしに……／見ゆるは　何ぞ、いつもいつも／心に纏ひて離れざるは、／いかなる愛、いかなる夢ぞ、／（……）／雨に、風に、嵐にあてず／育てばや、めぐしき吾子《あこ》よ、／育てばや、めぐしき吾子よ、／育てばや、あゝいかにせん／／思ひ出でては懐かしく、／心に沁みて懐かしく、／吾子わが夢に入るほどは／いつもわが身のいたまるゝ

（「吾子《あこ》よ吾子《あこ》」、傍点筆者）

観音岬に燈台はひかり／ぐるりぐるりと射光《ひかり》は廻つた／僕はゆるりと星空見上げた／急に吾子《こども》が思ひ出された／／さだめし無事には暮らしちやゐようが／凡そ理性の判ずる限りで／無事でゐるとは思つたけれど／それでゐてさへ気になつた

（「大島行葵丸にて」）

これはまるで、山上憶良の「子等を思ふ歌」の昭和版のような詩ではないか。昭和九年作の「誘蛾燈詠歌」に、「あをによし奈良の都の……」「やまとはくにのまほろば……」というエピグラフがあり、このころの中原が万葉集を読んでいたことは確かで、憶良の歌も知っていただろう。中原が憶良に直接言及した言葉は残っていないが、巻五の最後の歌、九〇四の、憶良が溺愛していた古日《ふるひ》という男児の病死に際しての「立ち踊り　足磨《す》り叫び　伏し仰ぎ　胸うち嘆き」――長男文也の逝ったときの中原の嘆きぶりは、この歌の芯にも通じるものがある。「育てばや、あゝいかにせん」――これは中原の晩年の核に触れている。

それ以前の書簡にも、長谷川泰子の子供に同様の心境を描いたものが多数出てくることはすでに多くの指摘がある。

差出がましいことながら、茂樹の種痘《ホーソー》はすみましたか。まだなら、早く医者に連れて行きなさい。ホーソーを患ふと、顔がキタナクなるのみならず、智育体育共に大変遅れることになるのです。

（昭和六年七月二十九日、泰子宛）

佐規（泰子・筆者註）の子供に会ひました　面白いです　酒を飲んでゐる真ッ際中　奴のことを思ひだしたりして、どうも大変甘《あま》いです

（昭和七年二月二日、安原喜弘宛）

茂樹の耳のうしろのキズには『アエンカオレーフ油』を直ぐに買つてつけておやりなさい。五銭も買へば沢山でせう。お湯に這入つた時、キズを洗はないやう。

（昭和七年二月十九日、泰子・ばあや宛）

中原が名付けた、茂樹という子の父は、築地小劇場で演出をしていた山川幸世という、泰子とは行きずりに近い関係の男である。ここに書かれた心情は、開業医の息子であることも影響しているだろうが、二十代の独身男性としては珍しい。私は中原の詩が女性的であるなどと

思ったことは絶えてないのだが、こと子供に関しては、こうした別人格を突き付けられる。中原には、文学者にありがちな母恋、祖母愛が露骨には出ていず、姉妹恋慕――宮沢賢治にとってのトシ、富永太郎にとってのゆり子のような女きょうだいもいない。本人が妙に癇性で、ある種、母性的な面を持っているのが不思議議なところだ。

第二詩集『在りし日の歌』には、幼いもの、無力なものが多く登場し、そこに交わされるまなざしがこの詩集のひとつのトーンをつくっているが、それはこの時期に中原が家庭をもち、父親になったことにより得たものである。中原は夭折、青春の詩人と言われるが、三年十か月の結婚生活を送り、子供も二人儲けている。「独身者には人生の三分の一しか理解出来ない。妻帯してやっと半分、子を持って初めて一人前だ」――小島政二郎の伝える芥川の言葉（『眼中の人』初版昭和十七年）にはいくぶん個人的、時代的な当否のあるにせよ、外に勤めに出ることをせず、子供に人並はずれた愛情を注いだ密な時間は、中原のわずか三十年の生涯にあって、特筆すべきものであったろう。

普通の数倍速で生を駆け抜けてしまったような人がいるが、中原もそんなひとりなのである。中原の小学校六年時の作文「初冬の北庭」の描写が優れていることは、すでに中村稔の語るところであるが、(4)またその原稿の文字の老成にも一驚させられる。還暦を過ぎた人のもの、と言ってもいいような文字。その筆跡は、最晩年、三十歳の原稿「初夏の夜に、おもへらく」（新編全集1本文篇口絵）とも大きな違いはない。

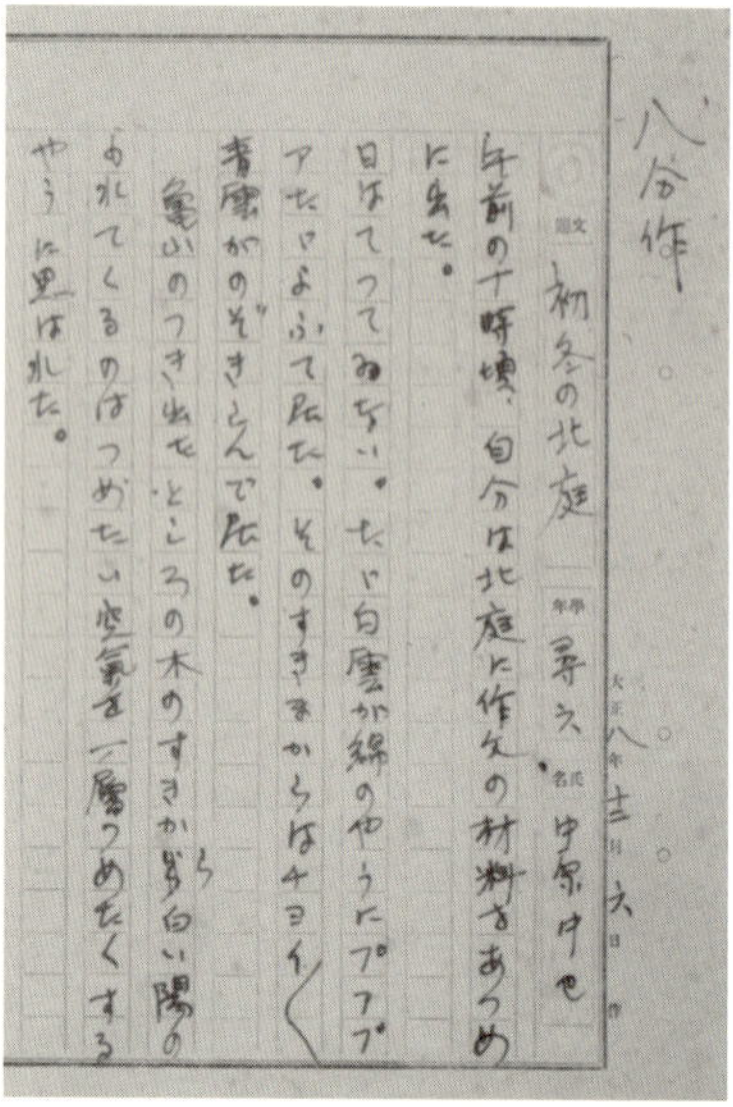
八分作

綴文 初冬の北庭

尋二 中原中也

大正八年十二月六日作

午前の十時頃、自分は北庭に作文の材料をあつめに出た。日はてつてゐない。たゞ白雲が綿のやうにプワプワとたゞよふて居た。そのすきまからはチヨイチヨイ青空がのぞきこんで居た。亀山のつき出たところの木のすきから白い陽のもれてくるのはつめたい空氣を一層つめたくするやうに思はれた。

「初冬の北庭」原稿（写真提供＝中原中也記念館）

弟の拾郎が市ヶ谷谷町の家で撮影したという、中也が文也を膝にのせて、いとおしそうに笑っている写真。和服を着て、頭は坊主刈り、頬には深い皺が刻まれている。とても三十歳前の父親には見えない。ともすれば若めの祖父が初孫を抱いているようにさえ見える。幼いころの写真で、中也を膝に乗せた軍服姿の父・謙助は対照的に、遅く出来た長男を完璧に育てようとする教育パパの迫力に満ちているのだが。黒い帽子の写真が『山羊の歌』の詩人の肖像であるなら、『在りし日の歌』にふさわしいのは、子供を抱いたこの像だろう。『山羊の歌』が青春の歌なら、『在りし日の歌』は家族持ちの歌だ。この詩集の不思議に静かなトーンは、「亡き児文也の霊に捧ぐ」という献辞のついた長男へのレクイエムであるため、また妻帯、子の誕生、そして逆縁の悲しみという経験のなかで、中也自身が自己の成熟……というよりは、一気に訪れた老成を見つめる眼があるからだろう。

茂樹が間接に、そして文也が直接に、詩に多くのインスピレーションを与え、「文也も詩が好きになればいいが。二代がゝりなら可なりなことが出来よう」（昭和十一年七月二十四日）と後継を期待するほど扱いが大きいのに対し、文也の逝った（昭和十一年十一月十日）約一か月後の十二月十五日、生まれかわりのように誕生した次男に、中也は不思議なほど注意を払っていない。中也はその子に愛雅《よしまさ》という詩的な名を与えるものの、亡き文也の面影を追い、神経を病み、とうとう入院してしまう。昭和四十七年角川書店刊の『中原中也アルバム』には愛雅の写真は一枚もなく、私は長らく、あまり写真が残っていないようなのも第二子以下の運命かと思っていたが、『新編中原中也全集』別巻（上）には中也撮影による写真がのっている。日本人形のような文也は母・孝子に似ているが、目の大きな愛くるしい愛雅の面差しは父・中也に似ている。

中原は入院していた千葉寺を無断で退院し、亡き文也の面影から逃げるようにそれまで住んでいた市ヶ谷谷町を去り、友人の多い郊外、鎌倉に向かう。愛雅にとっては生後三か月での転居である。鎌倉の家にはしばらく、中也のものと、愛雅のものと、大小二つの布団が敷かれていただろう。この時期、中原は床に伏すことが多かった。よく笑う明るい母と、心身ともに衰弱して家にいることが多くなり、みずから借家に棚をつるなど、家庭的になった父とに見守られ、愛雅は育つ。

今度の子供はよく太つてゐます。医者がほめたので嬉しいです。

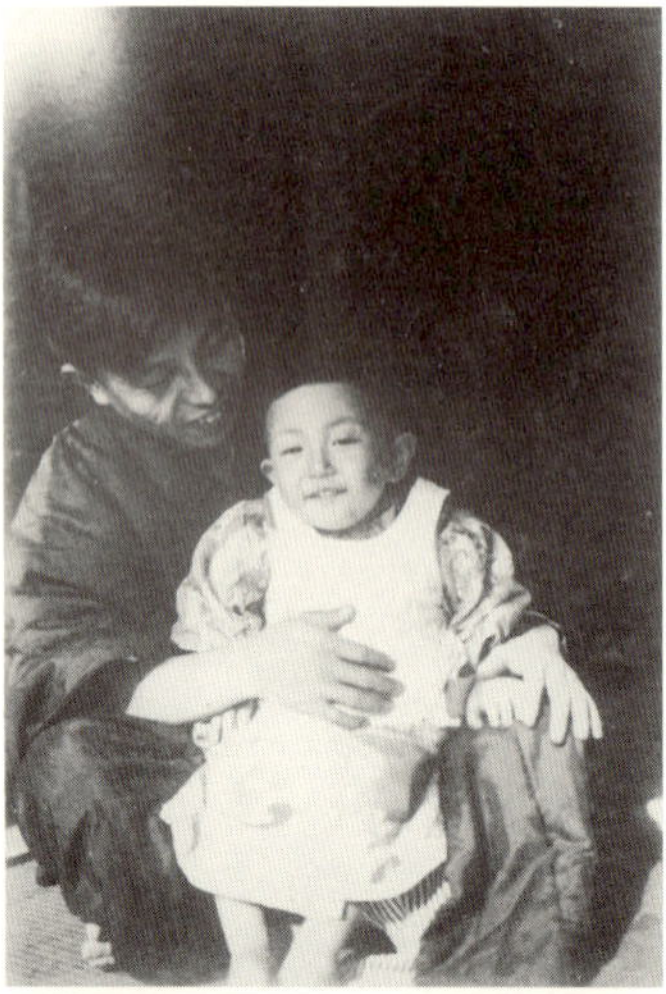

（上）中也と長男文也、（下）中也と父謙助（写真提供＝中原中也記念館）

（昭和十二年六月九日、阿部六郎宛）

しかし、わずか生後一年たらずで、その名は喪主として、昭和十二年十月二十二日に逝った父の死亡通知葉書に印刷される。そして、その二か月後には愛雅自身もこの世を去るのだ。なんともこの世との縁の薄い子供……。

子供を得たものの、中原の生には多くの童謡を書く時間は残されていなかった。中原が「北の海」を書いたのは昭和十年二月、前年十月に誕生した文也に会うために（また祖母コマを見舞いに）三か月余り帰省している間のことだった。

海にゐるのは、／あれは人魚ではないのです。／海にゐるのは、／あれは、浪ばかり。／／曇つた北海の空の下、／浪はところどころ歯をむいて、／空を呪つてゐるのです。／いつはてるとも知れない呪。

「北の海」は、私が中学生のころに初めてアンソロジーで読んだ中原の詩なのだが、既視感とともに、惹かれることなく素通りした作として逆に印象に強い。その数年後、二冊の詩集を含む文庫でこの詩人に〈出会った〉と感じたとき、これも同じ人の作であったか、と意外に思っ

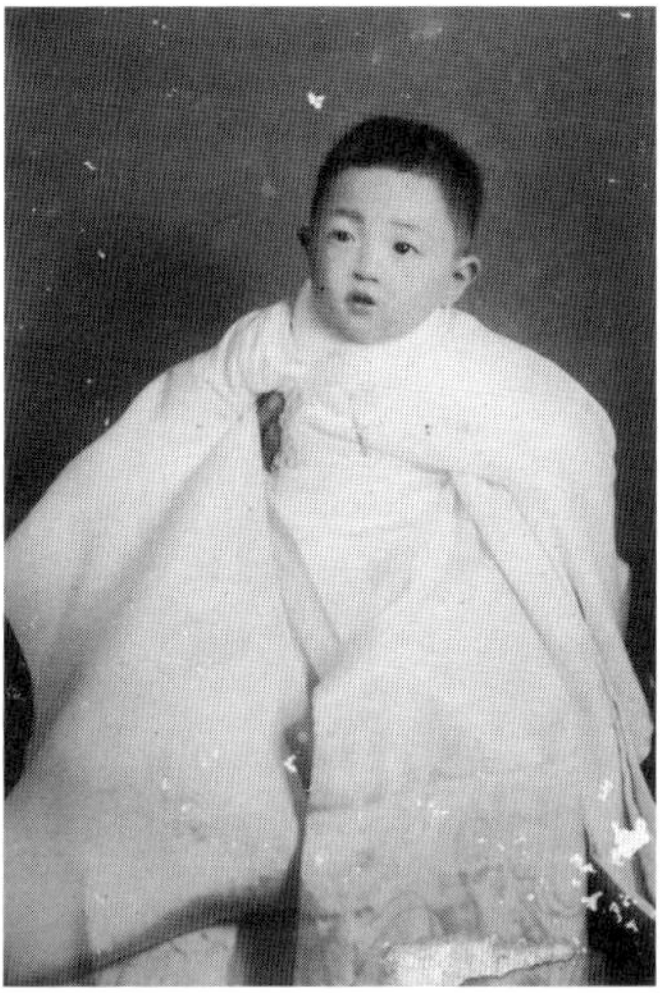

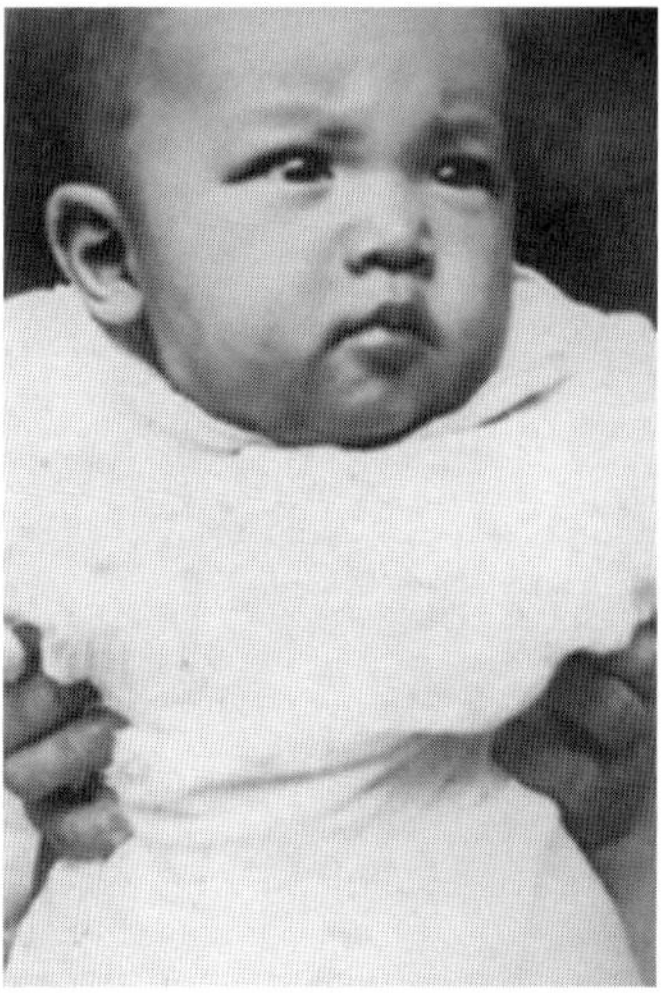

（上）長男文也、（下）次男愛雅（写真提供＝中原中也記念館）

たからである。どうしてもここには小川未明の『赤い蠟燭と人魚』が重なるだろう。

人魚《にんぎよ》は、南《みなみ》の方《はう》の海《うみ》にばかり棲《す》んでゐるのではありません。北《きた》の海《うみ》にも棲《す》んでゐたのであります。北方《ほくはう》の海《うみ》の色《いろ》は、青《あを》うございました。ある時《とき》、岩《いは》の上《うへ》に、女《をんな》の人魚《にんぎよ》があがつて、あたりの景色《けしき》を眺《なが》めながら休《やす》んでゐました。雲間《くもま》から洩《も》れた月《つき》の光《ひかり》がさびしく、波《なみ》の上《うへ》を照《てら》してゐました。どちらを見《み》ても限《かぎ》りない、物凄《ものすご》い波《なみ》がうね／＼と動《うご》いてゐるのであります。

『赤い蠟燭と人魚』は大正十年天佑社刊、童話、童謡の時代の美しい本である。刊行された当時、中原は十四歳だが、図書館に入り浸っていたというその少年時代に読んでいたか、あるいは文也に会うためのこの帰省のあいだ、もしかすると実家の書架にあった子供のころの本、『赤い蠟燭と人魚』を手にしたのでは、と想像を巡らせたくなるほど雰囲気が近い。中原は歌謡というものを、先の「万葉集」なども含め、非常に幅広く取り込み受け継いでいるが、北原白秋「母《かあ》さん、帰《かへ》らぬ、／さびしいな。／金魚《きんぎよ》を一匹《いつぴき》突き殺《ころ》す。」（「金魚」）、西條八十「唄を忘れた金糸雀《かなりや》は、後の山に棄てましよか。／／背戸の小藪に埋《い》けましよか／／柳の鞭でぶちましよか」（「かなりや」）のように、童謡にしばしば盛り込まれた、子供が本然で持つといわれる残虐性は、その詩ではついになかった。童謡でなくとも、中原の詩に登場する子供が何かを殺すようなことはなかった。子供のほうが死んでしまうのである。あるいは、すでに死んだ姿で登場する。

昼、寒い風の中で雀を手にとつて愛してゐた子供が、／夜になつて、急に死んだ。
（「冬の日の記憶」）

お庭の隅の草叢《くさむら》に／隠れてゐるのは死んだ児だ
（「月の光　その一」）

森の中では死んだ子が／蛍のやうに蹲んでる
（「月の光　その二」）

文也が生まれた昭和九年十月十八日の日記には「八白先勝、みづのえ。午後一時、男児生る。」また「文也の一生」といふ悲痛な文には「十月十八日生れたりとの電報をうく。（……）生れてより全国天気一ヶ月余もつゞく」とある。この文に特徴的なのは、「午後日があたつてゐた」「祖母退院の日は好晴」「この頃お天気よく、坊やを肩車して権現山の方へ歩いたりす。一度小生の左の耳にかみつく」「春暖き日坊やと二人で……」と、お天気についての記述が多いことだ。愛雅誕生の日にも「十二月十五日　午後○時五十分（かのと。未。八白）愛雅《ヨシマサ》生る。此の日半晴。」と、赤ン坊の記憶は、お天気と密接に結びついている。父親の育児日記としては珍しい。

権現山は山口市、湯田温泉の街中にある丘で、神社の階段を登ると低い山に囲まれた市街を一望でき、ここが盆地であることを実感する。晴天の下、文也を肩車して闊歩する、父親となった中也。その耳に、「おまへは何をして来たのだ」というような地霊の責め声は、よもや聞こえなかったのではないか。

「秋の日は、干物の匂ひがするよ」（「干物」）――陽なたの匂い。

そういえば『山羊の歌』でも、中原の幸福観の中心には聖母子が座っていた。

幸福は厩の中にゐる／藁の上に。／幸福は／和める心には一挙にして分る。　（「無題」）

＊

菜の花畑で眠つてゐるのは……／菜の花畑で吹かれてゐるのは……／赤ン坊ではないでせうか？／（……）／薄桃色の、風を切つて／走つてゆくのは菜の花畑や空の白雲《しろくも》／――赤ン坊を畑に置いて　（「春と赤ン坊」）

ひねもす空で鳴りますは／あゝ　電線だ、電線だ／ひねもす空で啼きますは／あゝ　雲の子だ、雲雀奴《め》だ／（……）／歩いてゆくのは菜の花畑／地平の方へ、地平の方へ／歩いてゆくのはあの山この山／あーをい　あーをい空の下／／眠つてゐるのは、菜の花畑に／菜の花畑に、眠つてゐるのは／菜の花畑で風に吹かれて／眠つてゐるのは赤ん坊だ？　（「雲雀」）

「春と赤ン坊」「雲雀」の二篇は「春二題」として「文学界」昭和十年四月号掲載、詩集でも並べておかれ、ほとんど一篇の詩として読めるものだ。

菜の花畑に、眠ったまま置き去りにされた赤ン坊。

恐い詩である。青空を区切る電線、薄桃色の、一見柔らかな、しかし実は電線を揺らしうならせる強い風。そこに縦に、螺旋を描く雲雀。その風をきり、「向ふの道を」走ってゆく自転車。それらはそのまま菜の花畑を、空の白雲ごと、あの山この山まで、つまり赤ン坊の背景をすべて引きずっていく。菜の花畑や山々は赤ン坊を見つめたまま、どこかわからぬ地平のほうへ、あとずさりでもするように後景に退き、回りには何もなくなってしまう。何もないところにぽつんと取り残され、眠り続ける赤ン坊。果たしてこの子は眠っているのか。いや、そもそも「赤ン坊ではないでせうか」「眠つてゐるのは赤ん坊だ？」この疑問形、疑問符は何か。『在りし日の歌』では、ヴィヴィッドなものはすべてその実在、正体が疑われている。

少女がいま校庭の隅に佇んだのは／其処は花畑があつて菖蒲の花が咲いてるからです／（……）／山も校舎も空の下《もと》に／やがてしづかな回転をはじめ／／花畑を除く一切のものは／みんなとつくに終つてしまつた　夢のやうな気がしてきます

（草稿「少女と雨」）

回転する風景のなかで、花畑だけが残る。菖蒲の花に立ち止まった少女はどこにいったのか。花畑を囲む回り灯籠のなかで放心し、風景のなかにしゃがみ込むように「終つてしまつた夢」として放置される少女。それにしても中原の描く、無心な子供を取り巻く景色は、どうしていつも回転を始めるのだろう。「夏の夜の博覧会はかなしからずや」でも、紺青の夕空と、貝釦の燈光はめくるめく回転を始めたのではなかったか。親子三人の睦まじい風景、「とつくに終つてしまつた夢」。

一方、次の詩においては、「わたし」「僕」自身が置き去りにされる子供として現れる。

あゝ、怖かつた怖かつた／——部屋の中は　ひつそりしてゐて、／隣家《となり》は空に　舞ひ去つてゐた！／隣家《となり》は空に　舞ひ去つてゐた！

（「三歳の記憶」）

僕、午睡から覚めてみると／みなさん家を空《あ》けておいでだつた／あの時を妙に思ひ出します

（「別離」）

このように、世界に取り残される、「一人にされる」恐怖体験はこの詩人の生涯を貫き、世界との関わり方を決めているようなところがある。中原は決して、孤独、一人を好む遁世型の

詩人ではなかった。のちの日記や書簡からは、詩作、読書、翻訳、という仕事のために敢えて人に会うことを戒め、外に出ない苦渋の一人遊びを自らに強いる姿が読み取れるが、それは中原が本来、人一倍人恋しく、市井の塵埃と喧騒、他者との摩擦に身を置いて、自身を研いでいく型の人だったからである。そのような「人好き」「一人嫌い」はおそらくこの幼児期の恐怖心に遠い根を張っている。実際の幼児期は、二人の祖母、両親のみならず看護婦、車夫など中原医院に働く人々に(少し成長して後は過干渉と感じられるほど)厚く、ちやほやと見守られる大切な長男だったはずだが、それゆえ、ごくたまに見舞われたであろう他者不在の恐怖が、のちの詩に「取り残される子供」たちを胚胎したのか。

茂樹、文也、愛雅……たまたま男児ばかりに縁のあった中原だが、そもそも子供とは、持つ持たないにかかわらず、完全な他者ではあり得ぬものだろう。誰もが抱える子供時代の記憶、自らの〈内なる子供〉、その幻の見え隠れのないところに、どのような子供も存在しない。

汽車は相変らずゴーッといつて、レモンは僕の目にしみて、僕はお母さんやお父さんを離れて、かうして一人でお星の方へ旅をすることが、なんだか途方もなくつまらなくなるのでありました。

(童話「夜汽車の食堂」)

「銀河鉄道の夜」に発想を得ていると言われながら、宮沢賢治とは決定的に違う、娑婆への、人、家族への恋歌。旅立った「僕」は、不本意な後悔を沈めている。

いかに泰子、いまこそは／しづかに一緒に、をりませう。　　（「時こそ今は……」）

この一行は意味深である。友人関係にあっても、多く語られてきた小林秀雄と長谷川泰子をめぐる「口惜しき人」事件も、「男に何の夢想も仕事もさせないたち」（「我が生活」）の長谷川泰子の性格や、相手が友人の小林秀雄であったことはあとから二次的に、ボディーブローのようにきいてきたもので、最初の衝撃はなんと言っても、

私は大東京の真中で、一人にされた！

私は女に逃げられるや、（……）そのために私は甞ての日の自己統一の平和を、失つたのであつた。　　（「我が生活（私はほんとに）」）

「この東京で一人にされた」こと自体のショック、傍らにいるはずの者に去られ、「一人取り残される」ことの恐怖である。おそらくは青年期以後ただ一度の恋愛……というより、京都から東京へと、いっしょにいること、一人でないことに最大の意味があり、長じて青山二郎の言

う「独特の女友達」となった長谷川泰子への思いは、詩にすると、「彼女の心は真っ直い！」（「無題」）、「いかに泰子、いまこそは」（「時こそ今は……」）や、「眼《まなこ》うるめる　面長き女《ひと》」（「六月の雨」）などに結実する。しかしその経験がより大きく開花しているのは、詩人の手になるものとしては驚くほど緻密な〈描写〉で言葉がきっちり敷きつめられている散文「我が生活」や、泰子と見られるいささか子供っぽい女性の媚態、それをからかうような中原自身らしき物書きとのやり取りが活写された脚本「夢」などだろう。

恋愛の経験は人生を鮮やかにいろどり、数が少ないほどそれを特別視する感情、〈そのやうな時もありき〉、という、ある種の勲章意識はついてまわる。確かに中原には「あだな女をまだ忘れ得ず、えェいつそ死なうかなぞと／思つたりする——それもふざけだ。辛い辛い。」（「身過ぎ」）というような詩句がある。しかし、実人生の出来事、それはどのように詩の土壌となるものだろう。

＊

草野心平記念館や神奈川近代文学館など、今まで開催された中原中也展において、公開された「詩的履歴書」の生原稿を見るたび、目が釘付けになる部分がある。中原は、「昭和四年同人雑誌『白痴群』を出す。」「全年（昭和九年・筆者註）十二月『山羊の歌』刊行。」など、生涯の文学上の記念碑となる出来事を並べる間に、わざわざ挿入記号（∨）をいれたり、行間に

「八年（昭和・筆者註）十二月、結婚。」「仝年（昭和九年・筆者註）十月男児を得。」という事項を書き足しているのである。これらが、まさしく欠かしてはならない大事な出来事として、中原に自覚されていることは注目してよいのではないか。

私が中原を書かずに此の章で奥さん許り書いてゐるのは、中原の女性に対する愛情が彼を更生させてゐたからである。極めて素樸な石頭の、家ねずみの様な若い女性――下駄屋も詩人も区別すること無く、亭主だから亭主にして、女房だから女房になつた、恁ういふ女性に結ばれた時期を中原は愛してゐる様子だつた。
（青山二郎「私の接した中原中也(5)」）

同じ四谷花園アパートに住み、中原の新婚時代をもっとも知る青山二郎の慧眼は、中原が深い関わりをもった女性は母と、妻と、「独特の女友達」（泰子）だけではないかと捉える。それぞれの女性との生活は泰子一年半、妻孝子四年弱である。友人で家族的な役を果たしたもう一人は、口角泡を飛ばすでもなく、ひたすらだまって行動をともにし、他者とぶつかっては負傷を繰り返す中原を支えて家に運んだ安原喜弘だったと言われる。安原に支えられてなお、中原は寂しさに神経衰弱をわずらい、カフェ・ウィンゾアーに入りびたり、大岡昇平「花影」に描かれた女給、坂本睦子や、寄宿先の、友人高森文夫の従妹、と、立て続けに駄目もとの求婚をする。孤独が神経を磨耗し疲弊した「一人にされた！」中也を山口に呼び戻し、母は遠縁の女性を妻としてあてがう。否、中也に夫という役を与えたのだ。

中原の土台には、肝焼き息子に黙って財布を開き続けた、動じない母がいる。そして中原が本来持っている「育ちのよい長男」を素のままに熟成させ、「父」にした良妻――『在りし日の歌』に結実する新しく豊かな詩の境地は、この新しい環境から生まれたのである。

いとしい者の上に風が吹き／私の上にも風が吹いた／／いとしい者はたゞ無邪気に笑つてをり／世間はたゞ遙か彼方で荒くれてゐた

（「山上のひととき」）

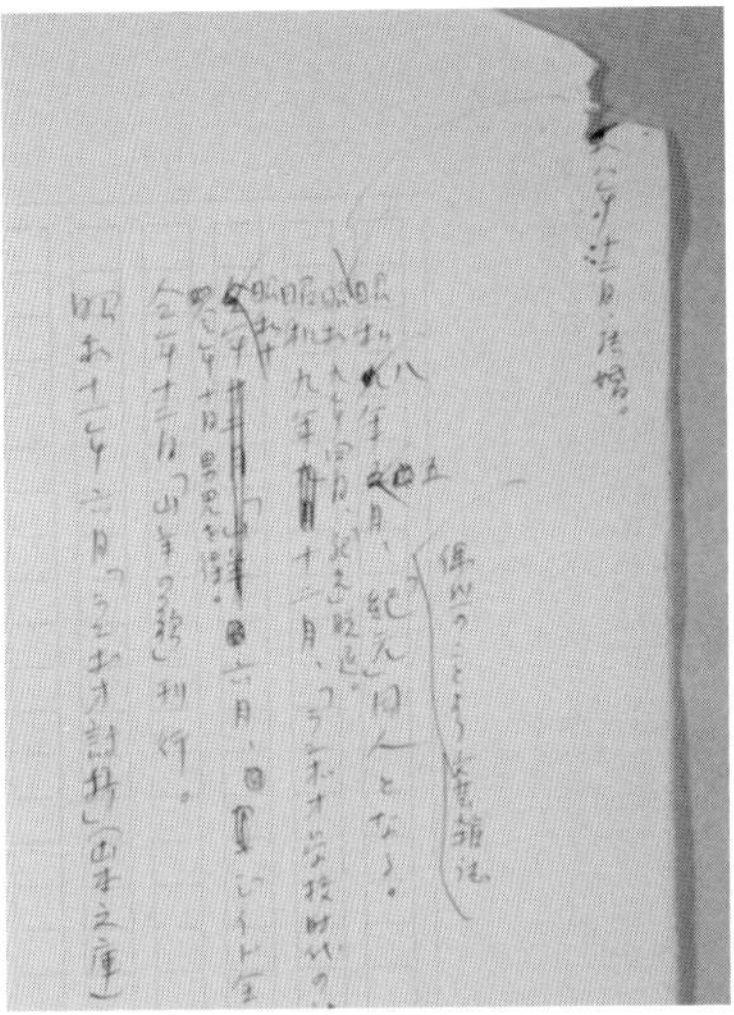

「詩的履歴書」原稿（提供＝中原中也記念館）

妻と子をいとほしく感じます／そしてそれはそれだけで、どうすることも出来ないし／どうなることでもないと知つて、／どうしようともはや思ひも致しません／／而もそれだけではどうにも仕方がないと思つてをります……

（「悲しい歌」昭和九年十一月）

中原が真に焦がれた人間関係は、華やか

な色恋沙汰ではなく、「《麦湯は麦を、よく焦がした方がいいよ。》」「ああ、今頃もう、家ではお饅ぢうが蒸かせただらうか？」（「雨の朝」）、「干された飯櫃《おひつ》がよく乾き」（「別離」）、「町々は、あやに翳りて、／厨房は、整ひたりしにあらざるか？」（「幼なかりし日」）、「腰湯がすんだら、背戸の縁台にいらつしやい」（「咏嘆調」）――といった、子供時代の記憶からふと甦る詩句に滲みでる、あたたかな湯気のただよう家、なんでもない日常を共にする者たちだったろう。

十時半に寝て七時に起きること。これはよいことだ。これは生活に青と赤とを取入れることだ。朝遅く起きること、これは淡鼠色の生活をすることだ。

（昭和九年　雑記帳）

女房が早く寝て早く起きろと盛んにこぼす。女房は自分の立場は弱く僕のは強いと思つてこぼしてゐる。ところが夜仕事して昼寝るより仕事の出来ない僕の気分の特性をなんとせう。而も早く寝て早く起きるといふことには此の国の全常識が加担してゐる。（……）女房はさういふ民情の中にたつた一つの理性かのやうに存在する「早く寝て早く起きる」を批判すべくもない真理だと盲信してゐる。

（昭和十年九月十三日　日記）

この健康的な生活訓は、大変困難であるがゆえに詩人を刺すものだった。しかし、妻のこういう言葉にかこまれた日常が、中原をやがて「春日狂想」へ、あの一見、処世訓にもみえる逆説的な詩行「テムポ正しき散歩をなして／麦稈真田《ばくかんさなだ》を敬虔に編み」「テムポ正しく、握手をしませう」に導いたのではなかったか。

　京都でも、東京でも、移動すると中原はまずその土地の言葉に聞き耳をたてただろう。江戸弁のべらんめえ口調は、まずは新鮮な音楽として中原の耳を捉え「汚れつちまつた悲しみに」は、それを自分流に取り込んだ異国の音楽であり、そこを歩き回るときのBGMだった。「汚れちまった」ではつんのめってしまう、ゆえに「汚れっちまった」――促音がいるのである。

　しかし、どういう言葉のメカニズムだろう。晩年に心を病んで入院していた千葉寺の病棟で書かれた「雨が降るぞえ」の異文、これは本人がページごと、派手に抹消しているのだが、

それよか、あの子が、恋しいぢやぞえ。／／恋しい恋しいと俺が云ふと／とんだ岡ッ惚れが出て来やがあら、／俺がめつけたあの女《あま》をよ、／てめえにや分ッねえ、あの女《あま》をよう。／／兎《（ママ）》倒くせえから呉れてやろつと呉れてやつたら、／ぢきに野郎、棄てちやひやがつた。

中原の口調はまるで、「白浪五人男」になってしまうのである。これは言うまでもなく、若いころの、かの三角関係を引きずったものだが、当の友人、小林秀雄の口調がのりうつるのだろうか。この異文には、この少し前にも「いやさ、お富、久しぶりであつた喃。」が抹消され、神経科病棟の中原は、まるで歌舞伎役者の台詞回しで芝居がかっている。

一方、多くの友人によるエピソードのなかに、中原の山口方言やアクセントの癖に触れたものはひとつもない。東京の日常に山口弁がはいるのは、同郷の妻を得て銀座やあちこちの名所をつれまわり、地元の言葉で大声で観光案内しては妻を赤面させる[6]、幸福な生活を得てからであった。

〈言葉〉は時に、言葉ごと〈母〉であるものだ。[7]〈母語〉で気負いも気遣いもなく話す相手のいる日常は、人の精神を解放する。それは中原にとって、許されなかった〈帰郷〉の仮の形ではなかったろうか。

この時期、中原がもともと持っている「お道化」の要素が潤《ほと》びたとみえ、奔流と呼びたいほどに「ピチベの哲学」「星とピエロ」「お道化うた」などの道化の詩が書かれている。「何云ひなはるか、え？　あんまり責めんといとくれやす／責めはつたかてどないなるもんやなし、な」（「誘蛾燈詠歌」）——と、かつて住んだ京都の言葉も、異国語のおどけた歌となり、あたかもこれまでの生をお道化という形で対象化しているかに見える。読者の耳に長く残響する、独自性、ポピュラリティに溢れる代表作の多くが書かれた時期である。

ホラホラ、これが僕の骨だ、
生きてゐた時の苦労にみちた
あのけがらはしい肉を破つて、

しらじらと雨に洗はれ、
ヌックと出た、骨の尖《さき》。

それは光沢もない、
ただいたづらにしらじらと、
雨を吸収する、
風に吹かれる、
幾分空を反映する。

(……)
ホラホラ、これが僕の骨――
見てゐるのは僕？　可笑しなことだ。
霊魂はあとに残つて、
また骨の処にやつて来て、
見てゐるのかしら？

故郷《ふるさと》の小川のへりに、
半ばは枯れた草に立つて、

見てゐるのは、――僕？
恰度立札ほどの高さに、
骨はしらじらととんがつてゐる。　（「骨」）

なぜこの詩は、結婚後のこの時期に書かれたのだろうか。「結婚は、中也にとって自身の生の定式を終了させる行為だったのではないだろうか。で、その後の家庭生活は、いわば生きながらに死ぬ生活、屍骸《なきがら》としての生にほかならなかったのではあるまいか[8]」と、青木健は言う。

しかし、果たしてそうなのだろうか。確かにこの時期、中原の散文には「私の事」という、花園アパートの三階のトイレの窓から新宿を眺め、暗い気持ちになるというものもあるのだが、この気分の暗さは、新宿の雑踏には自分の生活と無縁の「実業界」があり、それとの疎隔（「正午」に描かれた心境にも通じる）、家族を自力で養うことのできぬ自分との相対を意識した内心の暗さで、家庭そのものの暗さを匂わせるようなものはどこにもない。

こういう生活のなかで、中原は二月八日、おそらくは青山二郎を訪れた、小林秀雄に会っている[9]。そして二日後、

小林から「おまへが怠け者になるのもならないのも今が境ひだ」と云はれたりしたことから　ここもと丹田に力を入れることが精一杯になつてゐるのです　（二月十日、安原喜弘宛）

という手紙を出している。「骨」が書かれたのはその少しあとの、四月二十八日、奇しくも中原二十七歳の誕生日の一日前だった。

ここで気にかかるのが、小林秀雄への献辞を持つ二つの作品、草稿「Me Voilà——à Cobayashi[10]」さらに、詩「我が祈り——小林秀雄に[11]」である。

Me Voilàとは、仏語で「我ここにあり」「私はここにいる」というほどの意[12]である。Cobayashiが秀雄を指すか、佐規子（泰子）を指すかという考察が、新旧両全集時代に跨がりされているが、私は、仏語の献辞をつけた文章を贈ろうとするとき、まずは相手に意味が理解できることが前提ではないか、また、恋人を呼ぶのに果たして奪った相手の姓のみをもって呼ぶだろうかというもっぱら形而下的観点から、小林秀雄だろうと考えている。さらに、「我が祈り」の、

私は此所に立つてをります！………
私はもはや歌はうとも叫ばうとも、
描かうとも説明しようとも致しません！

（「我が祈り——小林秀雄に」）

ここには「ゆふがた、空の下で、身一点に感じられれば、万事に於て文句はないのだ。」

（「いのちの声」）、「私はいまは此処にゐる、黄色い灯影に。」（「青い瞳」）にも通じる、自己の立ち位置、在り処を強調する中原がおり、しかもその詩的履歴に於いて、そうした悲痛な主張は一貫して小林秀雄に向けられていることを思わざるを得ないのである。

　小林と会って、「おまへが怠け者になるのもならないのも今が境ひだ」と言われた時期の「ホラホラ」という書き出し。――それは、「Me Voilà」、「私は此所に立つてをります！」に直結する、自己の所在を小林に突き付けるように書かれた言葉のようにも見えないだろうか。

　Voilàという語は日常でも多く使われる汎用性のある言葉だが、単独でも「ほら、」というニュアンスを持つ。イヴ＝マリ・アリューは、「骨」の冒頭をそのまま holà holà と訳している[13]。仏語にも、注意を喚起する語としての「holà」があるが、それはこの詩にとって何と幸せなことか。アリューは、骨を複数で mes os と訳し、人体模型のようなものが立っているというイメージを押し出す。骨の印象は国の習慣や宗教でおそらく大きな違いがあるだろう。私の思い描くそれは、アリューのものとは遠いとはいえ、日本的な、河原に置かれた骨、野晒し、といった小町伝説的おどろおどろしさ、悲劇性は微塵もない。また、焼き場で見るような肋骨のバスケット、髑髏、という曲線を帯びたもの、かつ関節のような節目、細かい骨片もない。中原思郎が墓を開けたときに見たというリアルな中也の骨は、半焼けで真っ黒に煤けていたというが[14]、敢えて人体で言うならばもっとも長い脛骨……否、個人的印象に過ぎないが、これは骨とはいえ、肉や血の名残のない、まるでアクリルか石膏、不透明無機質の現代美術のようなオブジェとして、ヌックと突き出ているのだ。ホラホラ――まるで何かの新しい発芽を見せつけるかのように。仮にこれが単数で訳されていたとしても、私は違和を感じないだろう。声高でなく斜に構え、お道化た、しかし確かな復活。「骨」は、妻と家庭という〈引き寄せられた故郷〉を得て人生の治癒へ向かおうとする、いわば再生の歌なのではないか。同じお道化けた調子の同時代の詩でも「これが大昔にゐた詩人の骨だ(15)」という尾形亀之助のそれとは違っている。ここには尾形の持つ、いや、中原自身が『山羊の歌』の主調としていた〈倦怠〉がないのだ。

小林秀雄の反応も早かった。

「紀元」六月号に載つてゐた中原中也の「骨」といふ詩、近頃感服した詩であつた。友達に聞いたが読んでゐた人が一人もなかつたのでこゝにうつして置かうと思ふ。(「骨」引用略、筆者註)かういふ詩は古いといふ人もあるかも知れないが、僕は中原君のいままでの仕事、そこでは所謂《いわゆる》新しい詩の技法といふものが非常な才能をもつて氾濫してゐた、その事を知つてゐるので古いとは思はない。心理映像の複雑な組合せや、色の強い形容詞や、個性的な感覚的な言葉の巧な使用や、捕へ難いものに狙ひをつけようとする努力や、等々、そんなものを捨ててしまつてやつぱり骨があつた様に歌が残つたといふ様な詩である(16)。

小林はのち昭和二十四年、「中原中也の思ひ出[17]」で、当時、中原とは「久しく殆ど絶交状態にあった」と語る。中原と小林の間には、やがて盛んな交友が復活する。二人が必ずしも長い絶交状態にはなかったことが昨今指摘され[18]、現在のところは公開できない新資料にもそれは窺えるのだが、二人の心理的疎遠を溶かすはじめの一滴、それはおそらく小林の「骨」への公の讃辞だったのではないか。詩の技法にかこつけたいかにも文芸時評的な書き方に見えるが、「骨」とその批評は、中原と小林にとって、贈答歌のようなものだったろう。小林はこの作品に中原の復活を見出し、時評という声援を送ったのだ。ここにひそむ中原の再生を読み取れたのは、当時、おそらく小林のみだっただろう。小林が、「骨」をジュウネス（青春）（Jeuness・筆者註）の表現と評したことが中村光夫により伝えられているが[19]、この詩を無心に単独で読み、そのような感想を抱くものはおそらく少ない。「骨」はなお、衰弱の詩ではないのだ。

かつての苦労、軋轢、こだわりは「しらじらと雨に洗はれ」かつては帰ることの叶わなかった故郷の風に吹かれ、その空を映し、したたかにとんがる骨。

年末には、ようやく刊行された『山羊の歌』へ、「やれやれと思つて僕は大へん嬉しい。」「彼の詩は見事である、といふよりも彼の詩心は見事である。」（「中原中也の『山羊の歌』」、「文学界」昭和十年一月号）という小林の讃辞が続く。すぐれた作品と、それに対する高い評価。ふたりは「骨」以来、きわめて健全に、少しずつ互いの溝を埋めていった。

その間に中原には「詩的履歴書」に加筆して特記する「男児を得。」という事件がある。愛情を注いだ豊かな時間、そしてその喪失と心の病。この間の出来事は中原にとって、まさに「羊の歌」のエピグラフに採ったボードレールのままに、恐ろしい嵐のようであった。

愛児の面影から逃れるべく、中原は転居先に友人のいる鎌倉を選んだ。小林は、共通の過去の悪夢は、二人が会ったときから、また別の生を享けたような様子であったという。そして「彼の家庭の様子が余り淋し気なので、女同志でも仲よく往き来する様になればと思ひ、家内を連れて行つた事がある。」と家族ぐるみの交際を始める。家庭を持ったことは、小林との関係を大きく塗り替え、それは中原の晩年の風景、さらには文業全体に大きな意味を持つものだった。二つの家族はドミノをして遊んだり、ともに外出したり、子供の写真を撮ったりする。それはそのまま中原最期の時間だった。突然、自分の住まいのそばに転居して来、そこで逝った因縁の友を、結局小林は骨になるまで看取ることになった。

君の詩は自分の死に顔が
わかつて了つた男の詩のやうであつた
ホラ、ホラ、これが僕の骨
と歌つたことさへあつたつけ

僕の見た君の骨は

鉄板の上で赤くなり、ボウボウと音を立ててゐた
君が見たといふ君の骨は
立札ほどの高さに白々と、とんがつてゐたさうな

ほのか乍ら確かに君の屍臭を嗅《か》いではみたが
言ふに言はれぬ君の額の冷たさに触つてはみたが
たうとう最後の灰の塊りを竹箸の先きで積つてはみたが
この僕に一体何が納得出来たゞらう

（「死んだ中原」、「文学界」中原中也追悼号、昭和十二年十二月）

中原は『在りし日の歌』の原稿をまとめ、帰郷の決意を固めていた。詩集の原稿を託す――それは第一読者を選ぶということである。中原は身を削った清書原稿を小林に手渡し、小林もうつむきながら受け入れた。

小林が「彼の最も美しい遺品」とするのが「一つのメルヘン」であることは「中原中也の思ひ出」でよく知られている。(20)

秋の夜は、はるかの彼方に、

小石ばかりの、河原があつて、
それに陽は、さらさらと
さらさらと射してゐるのでありました。

陽といつても、まるで硅石か何かのやうで、
非常な個体の粉末のやうで、
さればこそ、さらさらと
かすかな音を立ててもゐるのでした。

故郷の川にそそぎ流れる、硅石のような非常な個体。これはあくまで、「それ以上質的に分割されない統一体で、分割されればそのものの固有性が失われてしまう存在[21]」としての「個体」であり、「固体」の誤記ではないだろう。非常、つまり「はなはだしい」「普通ではない」「異常な」個体、その粒子。

意志とは無関係に降りそそぐものの、この風景をもっとも美しいとする小林の脳裏にはおそらく、中原と肩を並べて見た、鎌倉妙本寺、海棠の落花が重なっているのではないか。

花びらは死んだ様な空気の中を、まつ直ぐに間断なく、落ちてゐた。（……）一とひら一

とひらと散らすのに、屹度順序も速度も決めてゐるに違ひない、何といふ注意と努力、私はそんな事を何故だかしきりに考へてゐた。

中原の印象には「大したこともなし。しかし、きれいなものなり[22]」としか残らなかったシーンを、小林は後々まで記憶し、昭和二十四年の文章[23]に刻んだ。

さて小石の上に、今しも一つの蝶がとまり、
淡い、それでゐてくつきりとした
影を落としてゐるのでした。

やがてその蝶がみえなくなると、いつのまにか、
今迄流れてもゐなかつた川床に、水は
さらさらと、さらさらと流れてゐるのでありました……

秋の夜の河原に、そこだけ幻燈のように浮かび上がる「一つのメルヘン」。
さらさらときらめき、舞い、時空に流れる――。
これは、散骨の風景ではないのか。

吉敷川か三途の川か――そこに、中原の骨の粉を握って佇むのは、小林秀雄しかいないのである。

（1）インタビュー、伊藤拾郎「中原中也生誕90−《マイナス》2年祭プログラム」平成七年、山口県文化振興財団
（2）中原フク述、村上護編『私の上に降る雪は――わが子中原中也を語る』昭和四十八年、講談社
（3）引用は『萬葉集』二、日本古典文学大系、昭和五十一年第十七刷、岩波書店による。
（4）中村稔『中原中也私論』平成二十一年、思潮社
（5）『青山二郎全文集』上、平成十五年、筑摩書房
（6）同右
（7）吉田文憲『「さみなしにあわれ」の構造』平成三年、思潮社
（8）青木健『中原中也―永訣の秋』平成十六年、河出書房新社
（9）青山二郎日記「俺が中原につき合つてゐると小林は笑ふ。」昭和九年二月八日、『新編中原中也全集』別巻（下）、平成十六年、角川書店
（10）昭和三年四月、草稿
（11）昭和四年十二月十二日作、「白痴群」五号、昭和五年一月
（12）『新編中原中也全集』4解題篇、平成十五年、角川書店
（13）『日本詩を読む』昭和五十四年、白水社。NAKAHARA Chûya, *Poèmes*, traduits du

japonais par Yve-Marie Allioux, Éditions Philippe Picquier, 2005
(14)「骨」、『中原中也ノート』昭和五十三年、審美社
(15)「詩人の骨」、『障子のある家』昭和五年、私家版
(16)「中原中也の「骨」」、「文学界」昭和九年八月号
(17)『私の人生観』所収
(18)(4)に同じ
(19)中村光夫『今はむかし——ある文学的回想』昭和四十五年、講談社
(20)(17)に同じ
(21)『大辞泉』小学館
(22)昭和十二年四月二十日　日記
(23)(17)に同じ

＊小林秀雄の引用は『小林秀雄全集』平成十三〜二十二年、新潮社による。

天壌茲に、声のあれ！

水道橋、宝生能楽堂で。
売店を見ていて、そこに並んでいる日本手拭いに刷られた言葉を見て、足が止まった。

思へば限りなく　遠くも来ぬるものかな

それは中原中也の「頑是ない歌」の一節「思へば遠く来たもんだ」を思ったからである。この言葉を中原は随筆のなかでも、文語で使っており、それがどうしてなのか、私は長いことひっかかっていた。

……忽ちに嘗て旅した何処かの、暑い暑い風景が浮んで来て、おもへば遠く来つるかなと、そいつた気持に胸はふくらむで来るのである。

（随筆「夏」昭和十年六月）

なぜ文語か口語かという表現採択を意識的にする詩ではなく、随筆で、この言葉が脳裏に浮かんだのか。この言葉のつらなりは、近くは「海援隊」のフォークソングにある。武田鉄矢作詞の「思えば遠くへ来たもんだ」であるが、こちらは「今では女房子供持ち」と続き、中原の詩、「頑是ない歌」を明らかに意識して引いたものだろう。

この台詞がある能は「隅田川」で、これは生き別れた息子、梅若丸を追って都から東国にたどりついた狂気の母の台詞である。手拭いに採られるだけあって、「隅田川」の悲劇を象徴している。しかしこの台詞と中原の詩のあいだには、果たして時を超えて一致するほどの必然があるだろうか。中原が謡曲を、自然に口にのぼらせるほど耳にしていたかどうかはわからない。歌舞伎は見ていたが、歌舞伎の舞踏劇「隅田川」には、この台詞はない。

……いや、そういうことではないのだ。

長いあいだ、私のなかでどうしても言葉にできないでいたある感じ——中原の詩の在り方、そしてそれを読むときの自分の心の状態——つまりその詩への惹かれ方が、実は能、それを見るときの心の在り方と似たものだった、という思いに打たれたのである。

中原の晩年の詩群には、動物の声が満ちている。それは飽かず繰り返されるもの、止めようとしてもできない、やむにやまれぬものとして定着されている。蟬、猫、虫、そして蛙声。

中原はその声を、決してオノマトペを借りて人間界の言葉に写そうとはしないのである。のおあある、とおあある、やわあああ（萩原朔太郎）、とか、ぎゃっぎゃっぎゃるるろッ（草野心平）等とは決して言わず、「蚊が鳴いてる」「蟬が鳴いてゐる」……それだけを、詩のなかの言葉としてはかなり執拗と思えるほど繰り返し、その絶え間ない連続を、音を限定しない、いや、おそらく限定できないままに書きつけている。そしてその鳴き声を契機に広がるのは、多くが死者の世界なのである。

蟬が鳴いてゐる、蟬が鳴いてゐる
蟬が鳴いてゐるほかになんにもない！
（……）
『いいや、いいや！』と彼が云ふ
『ちがつてゐるよ』と僕が云ふ
と、目が覚める、と、彼はもうとつくに死んだ奴なんだ
（「蟬」）

オヤ、蚊が鳴いてる、またもう夏か――
死んだ子供等は、彼《あ》の世の磧から、此の世の僕等を看守つてるんだ。
（「初夏の夜に」）

夜が更けて、
一つの虫の声がある。
(……)
此処と思ひ、彼処と思ひ、
あやしげな思ひに抱かれてゐると、

此処、庭の中からにこにことして、幽霊は立ち現はれる。
よくみれば、慈しみぶかい年増《としま》婦の幽霊。

(「虫の声」)

秋が来て、今夜のやうに虫の鳴く夜は、
靄に乗つて、死人は、地平の方から僕の窓の下まで来て、
不憫にも、顔を合はすことを羞かしがつてゐるやうに思へてならぬ。

(「夏過《あ》けて、友よ、秋とはなりました」)

ここに満ちる動物の声は、意味をたどったり言葉を拾うことのできぬ囃子に似ている。そのさなかに、まるでワキのように中原がおり、招かれた魂が橋懸りから現れる。——晩年の詩、この世とあの世を往還し、亡くなったものと交感しているようにしか思われない作は、そうい

えばいわゆる夢幻能の図ではないか。魂呼ばいの地謡、囃子方としての動物の声。

愛するものが死んだ時には、／自殺しなけあなりません。／／愛するものが死んだ時には、／それより他に、方法がない。／／けれどもそれでも、業（？）が深くて、／なほもながらふことともなつたら、／／奉仕の気持に、なることなんです。／奉仕の気持に、なることなんです。

あくまでひとつの喩としてであるが、改めて読み返す「春日狂想」の冒頭は、失った子を探す狂女の悲痛な語りにも重なって聞こえてくる。「げにや人の親の心は闇にあらねども、子を思ふ道に迷ふとは」――人買いにさらわれた吾子はすでにこの世のものではない。しかし「隅田川」のシテは、南無阿弥陀仏を唱えることにより、亡き子の魂と再会を果たす。

＊

「春日狂想」についての諸論文を振り返ると、この詩の魅力についての最初の指摘は意外に早く、恐らくそれは昭和二十六年の佐古純一郎ではないかと思われる。

中原中也の純粋の探求が絶対圏から対人圏に交渉を持つとき必然的に生れなければならな

かったものである。「私は人生に握手のほか、何にも承認しない。（一九二七年三月二十一日）」これが中原中也の人生観の縮図であった。そして、この人生観が彼の生命の歌として表現されたものが、「春日狂想」ではなかったろうか。私は中原中也の詩の頂点はあの「春日狂想」に見出されると考える。（……）これは人生に握手のほか何も承認しなかった詩人の純粋の探求の到達点であった。このような世界のほかに、いったい、純粋の探求の目的がどこにあるだろうか。しかし、いったい、対人圏の中でこのような世界が開かれてくる精神は、その純粋性のいやはてに何をみつめ、何に耳を傾けていたであろうか。(1)

いま読んでも少しも古臭さを感じないこの指摘が、私が生まれる前のものであることに驚きを感じるが、「春日狂想」はそれ以後は、長いあいだ取り上げられることがなかった。それが昭和四十年代になって、中村稔『言葉なき歌』（昭和四十八年、角川書店）と秋山駿『小林秀雄と中原中也』（昭和四十八年、第三文明社）『知れざる炎』（昭和五十二年、河出書房新社）による高い評価を受け、一躍中原晩年の代表作として踊り出る。以後、多くの人がアンケートや座談会で、愛唱詩としてこの作を挙げているが、ここに「人生との和解」をみる中村、この詩の第二章を読んで「あくまで普通の人間であろうとした非凡な人間」を直覚した秋山の読みは、中村稔、秋山駿という文学者を知るひとつの視角とはなっても、他者がそのままこれらの読みを共有できるとは思えない。「ここに人生との和解の姿勢を見るのは皮相」とする分銅惇作も

「いまだに読みきれない作品である」と述べ[2]、北川透は「この作品は中也論をやる人が困る作品だという考えに賛成[3]」と、自らの中原論においても留保的に感想を述べている。[4]

この詩を安易に読めないのは、成立の背後にある愛児の死、それによる精神錯乱、精神病院千葉寺療養所入院体験、そのなかから生まれた「芸術には他力本願、宗教が必要」(「詩壇への願ひ」「詩壇への抱負」昭和十一年十二月)「十年に一度の詩歌の転期《ママ》」(「千葉寺雑記」)という中原自身の言など、実生活上のさまざまな出来事を無視できないことにあろう。吉田凞生はここに「宗教的憧憬をたたえた虚無的なお道化うた[5]」を、中原豊は自力から他力への転回とその挫折を見ている。[6]佐々木幹郎はその著書『中原中也』[7]で、この作に触れていない。

この詩が書かれた当時のいくつかの散文、昭和十一年暮れに書かれた「詩壇への願い」「詩壇への抱負」は、文也を失った悲しみの渦中から、年明けてすぐの入院に至る錯乱の時期のものであり、「十年に一度あるかないかの詩歌の転期《ママ》に立つてをりますので」は、精神病院を退院したい一心で院長宛に書かれた手紙(中村古峡宛書簡下書稿2)の一節である。こういう状況下に書きのこされたものを、そのまま受け取るには躊躇を感じる。「昨年末より、一進境をみた私の詩(それらはまだ発表してない)」(「千葉寺雑記」)に該当する作も特定できないし、日記の十二年三月二十三日「文学界に詩稿発送。」とあるのが「春日狂想」であることのみほぼ確実で、それに先行する三月十六日、「夜七時半就床。八時半目覚め、それよりまた起きて午前三時迄詩作せしも、ろくなもの出来ず。」とある、これがこの作であるという確証もまたない。

とにかく、決定的にへとへとになつたといふことです。鎌倉に来ましてから、甚だ少しづつ、恢復はしつつあるやうに思ひますが、まだ一ヶ月と一寸なのに、もう二度目の臥床です。シンが抜けたみたいになつてゐるのです。一寸風のある日にはのぞ《ママ》の具合がわるかつたり、町外れの田舎道を歩きながらふと自失状態になつてゐたり、です。

（昭和十二年四月六日、安原喜弘宛書簡）

外出しようにも、汽車の窓の砂埃を想像するだけで貧血しそうなまで飛び出した神経（同右書簡）、疲弊しきった心身が上げる悲鳴を自らなだめつつ、発せられた言葉が、「春日狂想」だった。

中原は鎌倉の古道具屋で空気銃を購入し、散歩に携えては、洞穴や木立に向かい射っていた。茫然自失で空気銃を下げ、幽鬼のように鎌倉の山をさまよう中原が、ときに銃口を自らの小さな顎に押し当てたであろうことを私はほとんど疑っていない。遺品のひとつ、空気銃の弾の入った錆びた缶を振ると、何発かの残った弾ががらがらと鳴るという。[8] 使われた弾の数は、中原のためらい傷の数である。

みまかりし、吾子はもけだし、今頃は／何をか求め、歩《あり》くらん？……／（……）／せめて吾子はもあの世より／この身にピストル撃ちもせば（「こぞの雪今いづこ」昭和十二年）

しかし、「自殺」できないものが向かうところの「奉仕の気持ち」は「そのもののために」——あくまで、死んでいった愛するもののために抱く、いわば懺悔、罪滅ぼしであるにもかかわらず、「春日狂想」では方向性を見失って不特定多数の他者に向かう。ここに展開されているのは、「人には自恃があればよい！」（「盲目の秋」）と歌っていた若かりし『山羊の歌』の対極にある世界である。

「春日狂想」は、人の死に際し、万人共通の傷みを見事に射た冒頭の一連が、やがて老人の処世訓のような二章に展開してゆく。この詩は、二行を一連とする形式の、中原が得意とする型であり、それ自体「テムポ正しき散歩」の歩行のリズムを伝えているが、モザイクを並べたような連のあいだに、ガラスの破片が紛れこんでいるような屈折光線があり、それが読み手の目を刺す。

すなわち、「自殺しなけあ」ならないのに永らえた、中原とおぼしき傀儡《ピエロ》が、嫌悪すべき俗人界のなかで柄にもない世俗的な丁寧さを演じながら歩いてゆく姿を、裏側から見る視線である。

まるでこれでは、玩具《おもちゃ》の兵隊、
まるでこれでは、毎日、日曜。
（……）
参詣人等もぞろぞろ歩き、
わたしは、なんにも腹が立たない。
（……）
まぶしく、美《は》しく、はた俯いて、
話をさせたら、でもうんざりか？

これらの表現は、まるで掛け合い漫才でも聞いているかの軽妙さで読み手の意表をつく。これは中原の、いわば癖のあらわれで、ここにいる傀儡《ピエロ》を批判するというものではないだろう。

「あんよが出来だす一寸前頃は、一寸の油断もならないので、行李の蓋底におしめを沢山敷いて、その中に入れといたものだが、するとそのおしめを一枚々々、行李の外へ出して、それを全部出し終ると、今度はまたそれを一枚々々、行李の中へ入れたものだよ。」――さう云はれてみれば今でも自分のそんな癖はあつて、なにかそれはexchangeといふことの面白さだと思ふのだが、それは今私も子供を持つて、やつと誕生を迎へたばかりのその子供が、硝子のこちらでバアといつて母親を見て、直ぐ次には硝子のあちら側からバアといつて笑ひ興ずる、そのことにも思ひ合されて自分には面白いことなのだが、それは何か化学的といふよりも物理的な気質の或物を現はしてはゐまいか。（「一つの境涯――世の母びと達に捧ぐ」）

ここには、中原の表現における、ひとつの型が示されているように思われてならない。中原の詩を読んでいると、あるひとつのことがらについて、詩人がそれを表と裏両方から見つめる目に始終つきあたる。

太陽が落ちて／太陽の世界が始つた／（……）／太陽が上つて／夜の世界が始つた

（「ダダ音楽の歌詞」大正十二～十三年）

なんにも書かなかつたら／みんな書いたことになつた

（「（なんにも書かなかつたら）」昭和九年十二月二十九日）

どんな嵐を呼ぶのやら／どんな嵐も呼ばないのやら

（昭和十年十月六日　日記）

Aと言っておきながら、すぐ後に非A、と反対のことを述べる。Bと言いながら、すぐにそれを否定する。しかしそれは、反対や否定を目的とした措辞ではなく、その双方が中原にとっての本音にほかならないのである。これらは、中原の内部にひそむ矛盾や、すぐに事象の裏側の見えてしまう複眼を託した、不可避の表現である。読者はいきなり、出鼻をくじかれ、いわば、ぶちこわされるのだが、そこに生じる歪みのエネルギーがこの詩人の詩を一貫して一筋縄ではいかないものにしている。晩年に至っても、中原はこの磁場のなかで、硝子のこっちから、そして向こうから、バアを繰り返していたように見える。

そして、「春日狂想」も、この特質の上に難解な魅力があるだろう。霊魂遊離したような姿で、業ゆえに永らえ、しかもそこに罪の意識を持つ中原は、故郷の河原に立ってしろじろととんがっているわけにもいかず、俗界を歩みはじめるしかない。二章にみられる、ゆるゆる、にっこり、パラパラ、ひんやり、ぞろぞろ、ポーッと、などは、詩の言葉としては多分に表層的で実感をともなわないものだが、距離のある表現として、詩のなかの「私」の傀儡性を際立たせる。

そのなかにあって、「わたしは、なんにも腹が立たない」――。この一行が抱えもっているものは大きい。「腹が立たない」と敢えて言うことは、その背後には「腹が立たない」ことを客観する視点があるはずだ。「いはうやうなき、今日の麗日。」の散歩を謳歌しているかの「わたし」が「腹が立たない」のは、いわば言わずもがなであるはずだ。

それにしても私は憎む、／対外意識にだけ生きる人々を。／――パラドクサルな人生よ。
（「修羅街輓歌」）

さてどうすれば利するだらうか、とか／どうすれば哂はれないですむだらうか、とかと／／要するに人を相手の思惑に／明けくれすぐす、世の人々よ、／／僕はあなたがたの心を尤もと感じ／一生懸命郷《がう》に従つてもみたのだが／／今日また自分に帰るのだ／ひつぱつたゴムを手離したやうに
（「憔悴」）

『山羊の歌』のころのこうした詩句は、ともすると私に、〈腹を立てる事への自戒〉を読ませようとする。中原の、特に初期における俗人・対人圏憎悪は枚挙にいとまがないが、それは晩年に至っても結局変わることがない。

聞こえよがしに自分なりの皮肉を云ふ筋向ひの看手の妻君を代表に、芸術なぞはあつてもなくてもよいなぞと公言する大谷光瑞までいやになり、要するに芸術を解しない多くの人には、用事がない限り鼻もひつかけないことに心を定めるこそ詩人としての寧ろ道徳だと思ひました所、
（中村古峡宛書簡下書稿3、昭和十二年）

またしてもここに「芸術を遊びごとだと思つてるその心こそあはれなりけれ」――（初期短歌、大正九年）――小学生のころから変わらない、〈芸術家‐俗人〉の対立図式が現れている。しかし「春日狂想」の「わたしは、なんにも腹が立たない。」にあるのは、〈腹を立てることへの自戒〉ではない。むしろここには、これまでの感情の歴史の上にたった、〈腹が立たない〉自分自身に対する意外さ、驚愕――といった、徹底的に自己の傀儡を「ホラホラ、これが僕の骨だ」のごとく見下ろす、傍観者の目が際だっているのではないか。ここで中原は、〈腹が立たない〉自分に、ほとんどうろたえているのである。こういう姿を、私たちは「春日狂想」以外に見出すことはできないのではないだろうか。

一方で中原は、厭うべき対人圏に対し、時として、ついに自己の存在と相容れないがゆえに、全く逆の、まるで憧憬すべきもののような心情を抱く。

> 僕とても何か人のするやうなことをしなければならないと思ひ、／自分の生存をしんきくさく感じ、／ともすると百貨店のお買上品届け人にさへ驚嘆する。
> （「憔悴」）

> 僕は、つましい月給取達を思つて、無限に羨しかつた。僕は、僕の、バカゲた心を、もういとほしいとは思わなかつた。平凡な市民になれぬといふことは、ではまづいことなのであらうか？
> （昭和十年五月一日　日記）

おそらく、「正午」の、「ぞろぞろぞろぞろ出てくるわ、出てくるわ出てくるわ／月給取の午休み、ぷらりぷらりと手を振って」もこういう心境から生まれた。これは「春日狂想」よりあとの作で、「春日狂想」に見られる歩みよりも虚しく、ついに握手の叶わなかった姿を思わせるのだが、ここで「月給取」は決して皮肉られても、揶揄されてもいない。長門峡に流れる水と同じように、自身との距離感ゆえにただ茫洋とさせる、一方的に眼前に繰り広げられる風景と化している。

中原のいわゆる〈対人圏〉は、〈芸術を理解しない、厭うべき腹だたしい面〉と、〈平凡な日々を慎ましくおくる人々の、堅実な、自分と縁がないゆえに羨むべき面〉という相反する面を持つのだが、後者は、近くは弟や文也の死後に痛感した、生活人としての未熟、不器用さの自覚という、本来スクエアな人間である中原の自己否定と抱き合わせになっている。芸術家意識の倨傲・対・生活的無力、その両極に、〈対人圏〉の二つの側面は位置する。

しかし、「春日狂想」の「腹がたたないわたし」は、憎悪によっても、羨望によっても、周囲の世界と関わることができないものとして、死に損なった傀儡《ピエロ》「わたし」の疎外感——周囲との距離感が際立っているのだ。

「春日狂想」は、中原の詩のなかにあって唐突に現れたものではなく、先行する作や同時期の作に発想や似た表現が見られる。とくに「狂」の題において共通するものに「秋日狂乱」（昭和十年）がある。

今日はほんとに好いお天気で／空の青も涙にうるんでゐる／ポプラがヒラヒラヒラヒラしてゐて／子供等は先刻昇天した／（……）／――さるにても田舎のお嬢さんは何処に去《い》つたか／その紫の押花《おしばな》はもうにじまないのか／草の上には陽は照らぬのか／昇天の幻想だにもはやないのか？

子供等の昇天――この詩が書かれたとき、文也は一歳になろうとする可愛い盛りであったはずで、「この小児」（昭和十年）と同様、ここにはその死との関わりはない。にもかかわらず、ここには二度にわたり、「昇天」という語が現れる。

現にかういつてゐる今から十年の前には、／あの男もゐたしあの女もゐた／今もう冥土に行つてしまつて／その時それを悲しんだその母親も冥土に行つた／もう十年にもなるからは／冥土にも相当お馴れであらうと／冗談さへ云ひたい程だが／とてもそれはさうはいかぬ／十二年前の恰度今夜／その男と火鉢を囲んで煙草を吸つてゐた／その煙草が今夜は私独りで吸つてゐるゴールデンバットで、／ゴールデンバットと私とは猶存続してるに／あの男だけゐないといふのだから不思議でたまらぬ／勿論あの男が埋葬されたといふことは知つてるし／

とまれ僕の気は慥かなんだ／だが、気が慥かといふことがまた考へやうによつては、たまらないくらゐ悲しいことで／気が慥かでさへなかつたならば、尠くとも、僕程に気が慥かでさへなかつたならば、かうまざまざとあの男をだつて今夜此処で思ひ出すわけはないのだし、思ひ出して、妙な気持（然り、妙な気持、だつてもう、悲しい気持なぞといふことは通り越してゐる）にならないでもすみさうだ

（「断片」昭和十一年制作と推定）

彼の世の磧は何時でも初夏の夜、どうしても僕はさう想へるんだ。／行かうとしたつて、行かれはしないが、あんまり遠くでもなささうぢやないか。／（……）／なにさま暗い、あの世の磧の、ことであるから小さい奴等は、／大きい奴等の、腕の下をば、すりぬけてどうにか、遊ぶとは想ふけれど、／それにしてもが、三歳の奴等は、十歳の奴等より、可愛想だ……

（「初夏の夜に」昭和十二年五月）

〈死んだもの〉と〈残されたもの〉の隔絶、死者との接近と交信、この世とあの世との自由な往還、ここにはおそらく「春日狂想」の背後にあるものが沈んでいる。狂気と隣合わせの、この世から離脱してあの世を垣間見る昇天幻想は、あらゆる意味で実生活から弾きだされ、浮遊している傀儡《ピエロ》にはもっとも近しいものとして感じられる。それを中原は「狂」の字を題した作のなかに託した――。神がかり的な読みであれ、そうでなければ読み切れない詩というものは

おそらく在る。

空に昇つて、光つて、消えて――／やあ、今日は、御機嫌いかが。／／久しぶりだね、その後どうです。／そこらの何処かで、お茶でも飲みましよ。／／勇んで茶店に這入りはすれど、／ところで話は、とかくないもの。／／煙草なんぞを、くさくさ吹かし、／名状しがたい覚悟をなして、――／／戸外《そと》はまことに賑やかなこと！／――ではまたそのうち、奥さんによろしく、／／外国《あっち》へ行つたら、たよりを下さい。／あんまりお酒は、飲まんがいいよ。

対話というより多分に一方通行的なこの語りかけは、もうこの世にはいない人々、彼岸との、切なる交信のようにも聞こえてはこないだろうか。

それでもやはり、「自殺」できない者、ピストルで撃たれることもできない者は、花嫁御寮的な刹那の美しさ、「一瞬の夢」たる生に繋がれているしかない。

ハイ、ではみなさん、ハイ、御一緒に――／テムポ正しく、握手をしませう。

第三章、終結部では、もっともらしいジェスチャーが試みられる。生身の、正気の行動でない、ここにいるのは詩人の内に住む「薄命さうなピエロ」（「幻影」）だろうか。「みなさん」という親しげな、それでいて距離のある、開きなおった呼びかけ。

かくて、人間、ひとりびとり、／こころで感じて、顔見合せれば／につこり笑ふというほどの／ことして、一生、過ぎるんですねえ／（……）／みなさん、今夜は、春の宵。／なまあつたかい、風が吹く。

（「春宵感懐」昭和十一年）

これらの「みなさん」の背後には、批判や苛立ちのない、羨望すべき対人圏がある。「みなさん」に差しだされた、テムポ正しい握手。しかし、その先にあるのは、忙しく行きかう、中原自身の言葉でいうなら「無気味な程にもにこやかな、女や子供、男達散歩してゐて、僕に分らぬ言語を話し、僕に分らぬ感情を、表情してゐた。」（「ゆきてかへらぬ」）に過ぎないのではないか。「握手」はついに「薄命さうなピエロ」の弱々しげな手真似に終わり、その意味は「つひぞ通じたためしはない」（「幻影」）。さし伸べた手は、ついに握り返されることはないのだ。その手をとらえたのは、すでに彼岸にいる懐かしい死者たちであったのかもしれない。

「春日狂想」のお道化た、奇妙な明るさの底に座っている、しぶといまでの虚。

この徹底した生からの疎外の果てに、中原はまた、硝子の向こうから「バア」といって現れる。

と、俺としたことが、笑ひ出さずにやゐられない。

思へば小学校の頃からだ。
例へば夏休みも近づかうといふ暑い日に、
唱歌教室で先生が、オルガン弾いてアーエーイー、
すると俺としたことが、笑ひ出さずにやゐられなかつた。
格別、先生の口唇が、鼻腔が可笑しいといふのではない、
起立して、先生の後《あと》から歌ふ生徒等が、可笑しいといふのでもない、
（……）
やがて俺は人生が、すつかり自然と游離してゐるやうに感じだす。
（……）
しかし俺としたことが、とど、笑ひ出さずにやゐられない。
（「夏と悲運」昭和十二年七月）

中原はやはり、イツモシヅカニワラッテキルことなどできない人だ。とんでもないところで、とど、哄笑してしまうのだ。

へとへとの、わたしの肉体《からだ》よ、／まだ、それでも希望があるといふのか？／（……）／（オ

ヤ、お隣りでは、ソプラノの稽古、／たまらなく、可笑しくなるがいいものか？）

（「倦怠」昭和十一年四月）

晩年の、このしたたかな詩は、一貫してどうしようもなく処世の下手な悪童詩人の健在ぶりを思わせる。衰弱のなかにあっても最後にすっくと立ち上がる、この詩人の真骨頂である、自己を客観する批評精神。生真面目であることを志向しながら、まっとうなものとの距離の前にはやはり〈笑ってしまう〉しかない。「春日狂想」の握手のむなしさの先に、苦々しく立ち尽くすのは――あの「バア」――硝子の向こうのおどけた、哀しい中原の姿なのである。

＊

『在りし日の歌』には何と「女」の登場する詩の多いことか。しかしそれがほとんど意識されないのは、その女が皆、影が薄く、生きている人のようではないからだ。姉らしき色、戯女、文子さん、肺病やみの米子、眼うるめる面長き人、……実在感なく影のようであることが眼目なのである。立ち現れてきえてゆく、夢幻の霊のような女たち。

この第二詩集の書名の候補として「去年の雪」が考えられていたが[9]、それは採用されなかった。かつ詩集に収録もされなかった詩篇に「こぞの雪今いづこ」がある。

みまかりし、吾子はもけだし、今頃は
何をか求め、歩くらん？……
薄曇りせる、磧をか？
何をも求《と》めず、歌うたひ
たゞひとりして、歩《あり》くらん

この詩の原稿は、全篇がノートに赤インクで書かれている(10)。〈幼くて逝きし児〉の彼岸での身を案じ、絞った咽喉からほとばしった血で書かれたような、乱れに乱れた悲痛な文字。

げに、情けとは、何事ぞ、
天壌茲に声のあれ
耳をつんざく、声のあれ！
（草稿39—41行目）

再び〈声〉である。
口は噤めば、眼は閉じればいい。しかし耳は、閉じることのできぬ傷のように、外界に対し常に開かれている。
言葉にならぬ地謡、霊を招く囃子、能面の下から苦しく押し出されるこの世のものならぬ

〈声〉は、他界を感受し、「あれはとほいい処にあるのだけれど(11)」「つまりその、サムシング(12)」の表現に生涯、腐心したこの詩人の世界の、とても近いところにあるのではないだろうか。

　優れた作であっても、詩集に収めず葬られている多くの詩。そこに置かれているのは、少しずれた中原自身の面《デスマスク》である。

「去年の雪」は、中原の詩語としては、ヴィヨンの翻訳「去《い》にし代《よ》の婦人《をみな》等の唄」中に「しかはあれ、去年《こぞ》の雪今何処にありや？」」の用例がある。

「さはれ去年《こぞ》の雪いづくにありや」――同時代の文学青年に共通するこの訳語を執拗に繰り返《リフレイン》した詩、「鳥獣剝製所」を書いたのは若き日の友人、富永太郎だった。それはおそらく、時を超えて中原の裡に残響していただろう。

　小林秀雄は、能「当麻」を見た帰り、星を見たり雪を見たりして夜道を歩きながら、唐突につぶやく。

「あゝ、去年《こぞ》の雪何処に在りや、いや、いや、そんなところに落ちこんではいけない(13)」。

そのとき、もう富永も中原も、はるかにこの世の人ではなかった。

（1）「中原中也覚え書」、『純粋の探求』昭和二十六年、一古堂書店

（2）『中原中也』昭和四十九年、講談社現代新書

（3）「中原中也の世界」、「磁場」昭和五十一年九月号座談会、国文社

（4）『中原中也わが展開』昭和五十二年、国文社
（5）『中原中也』鑑賞日本現代文学20、昭和五十六年、角川書店
（6）「中原中也の「春日狂想」」、「原景と写像――近代日本文学論攷」昭和六十一年一月、原景と写像刊行会
（7）『中原中也』昭和六十三年、筑摩書房
（8）佐々木幹郎「中也が聞いた音」、『自転車乗りの夢』平成十三年、五柳書院
（9）『新編中原中也全集』1解題篇、平成十二年、角川書店
（10）『新編中原中也全集』2解題篇、本文篇口絵写真、平成十三年、角川書店
（11）「言葉なき歌」
（12）「Qu'est-ce que c'est que moi?」
（13）「当麻」、「文学界」昭和十七年四月号。『無常といふ事』昭和二十一年、創元社所収。引用は『小林秀雄全集』7、平成十三年、新潮社による。

汚れ木綿のむこうがわ

death《詩》 and《と》 hunger《版画》

♪Au clair de la lune
mon ami pierrot
（Au clair de la lune）

二十代のおわりにお世話になっていた、ラ・ロッシェル（フランス西部）の家庭で、小さなお孫さんたち（三歳と五歳）が、よくこの唄を聴かせてくれた。彼らは私のいい先生だったので、この歌い出しが、

月あかりに照らされて
わが友、ピエロよ　……

というほどの意味であるのは、私にもわかるのだった。

これはまさしく中原中也、「幻影」「月の光」……！

私は彼らのお母さんやお祖母さんをつかまえて、すべての歌詞を書いてほしいと懇願し頭を抱えさせたのだったが、誰もが歌える古い童謡だからといって、おとながそれを書き取ることはむずかしい。外国人に言われて、「ずいずいずっころばし」や「一寸法師」を即座に、正確に書ける人は少ないだろう。

メロディ自体は、小学生のときの、音楽の教科書にもあったので知っていた。オルゴールでも聴くポピュラーなものだが、まったく違う原詩に驚いたのだった。

中原中也がこのシャンソンを知っていたかどうかはわからないが、「星とピエロ」など、その詩にサーカス関連のモチーフが多いことは周知だろう。

サーカス――他界からやってきて他界に去ってゆく、異形の巡業集団。華やかで哀しい、ひとさかりの祭。

それはまた古今東西を問わぬ、異界――神との交信の、可視の姿でもあるのだろう。

中原中也の会会員の芳賀峯一さんが、展覧会「サーカスがやって来た(1)」の図録に、中原の詩が引用されていることをご教示くださったのは、平成十一年のことだっただろうか。所載のエッセイで、神奈川県立近代美術館の山梨俊夫氏が、中原の「サーカス」と、平川清蔵の版画「曲馬団」に触れている。

平川清蔵「曲馬団」（写真提供＝町田市立国際版画美術館）

中也の詩にしろ平川清蔵の版画にしろ、あるいは大正末から昭和の初めにかけて日本の画家が日本で描いたサーカスの絵にしろ、それらがわびしいのはサーカスがわびしいばかりではない。それはサーカスを見、サーカスを想う者の心がどこか苦しいからだ。……折り合いのつけにくい生を彼らが抱えているからだ[2]。

コントラストのゆるい拓刷り、「菊嬢さん」「花子」などと書かれた、幟とも、屋根ともいえぬ布の下に空中ブランコ、それを見上げる観客。平川の版画は、「サーカス」の、ぼんやりとうらぶれた哀愁に満ちている。「曲馬団」は、大正十四年、当時盛んに作られた版画誌のひとつ、「HANGA」第七輯に掲載された以外のこ

とはわかっておらず、平川清蔵という画家の詳しいことも不明である。(3)

大正十三年の京都。

中原中也は、そこで知り合った、絵と詩を書く友人、富永太郎と、あちこちの絵の展覧会に足を運んでいた。十月には、正岡忠三郎と三人で「詩と版画」社の第一回版画展覧会を見ている。(4)ポスターは恩地孝四郎、出品総数は百三十点、ほとんどが新時代の創作版画に燃える邦人だが、出品目録には特別出品として、クレー、シャガール、カンジンスキーなど十三名の海外作家の名もみえる。すべての出品作を画像でつぶさに確認できたわけではないので、ここにサーカス、あるいは当時の呼び名の「曲馬団」をテーマにした絵があったかどうかはわからない。目録を見るかぎりではそのように推定されるものはない。(5)平川の「曲馬団」の載った連刊版画集「HANGA」は「神戸版画の家」から十六輯が出されているが、果たしてそれが中原の眼に触れたかどうか。可能性は皆無ではないだろうが、どこにもそれを匂わせるものはない。たまたま時代の風景、その香気が一致したものだろう。

図録「日本の版画」(6)には川西英「曲馬帖」(昭和初め~五年)、北村今三「サーカス三部曲」(昭和五年)などが紹介され、当時の、版画というジャンルにおけるサーカスモチーフの浸透ぶりを見せている。

中原の詩は、制作した時期は推定大正十四~十五年、初出の「生活者」昭和四年十月号では「無題」とされ、のち昭和七年、詩集に入れる際に「サーカス」と題された。「無題」から

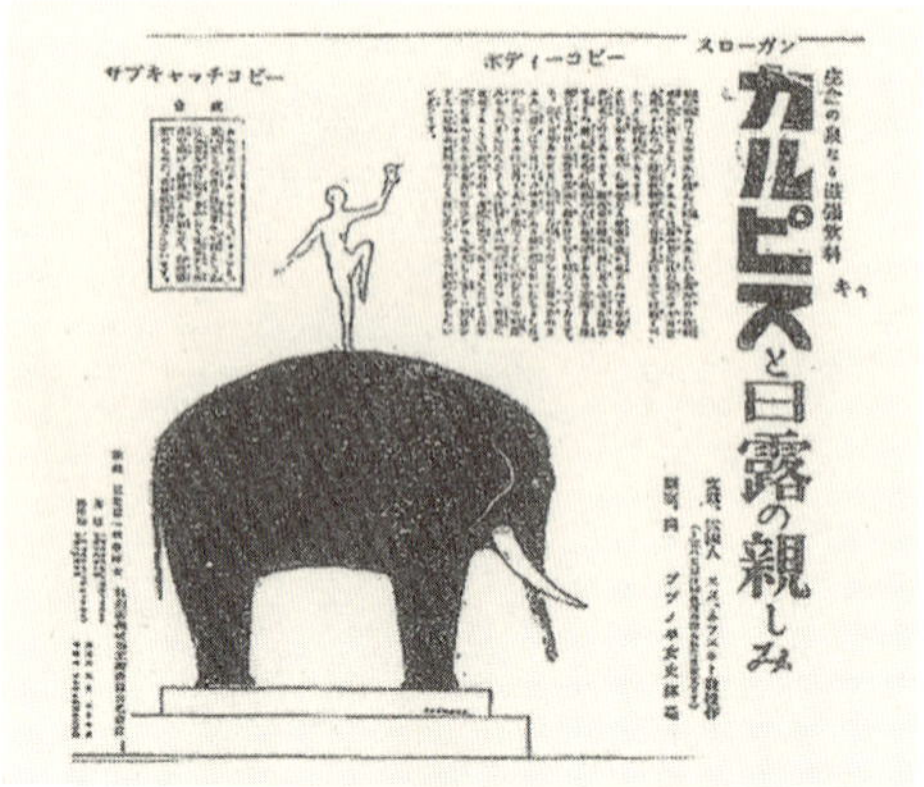

ワルワーラ・ブブノワ「カルピスの広告デザイン」
『函館日日新聞』（大正14年3月24日）より

「サーカス」と、題を変えた過程には、どこかに絵画の鑑賞が関わっていたかもしれない。新編全集1解題に述べられている以外の可能性として触れておきたい。

　絵を志していた富永太郎には「クリスマスローズ」「Promenade」（大正十二年）などの版画作品があり、実作者として、さぞ真剣な目でそれぞれの展覧会をみていただろう。線を刀で切りこんでゆき、面を創る行為は、どこか富永の詩の言葉の彫琢、鋭角とも通っている。

　私は明滅する「仁丹」の広告塔を憎む。
　またすべての詞華集《アントロジー》とカルピスソーダ水とを嫌ふ。
（富永「橋の上の自画像」）

不思議な、立ち止まらせる詩句である。

仁丹の電飾広告塔は、当時の上野と大阪でアグリーに目立つ、不評なものだったらしい。私の子供時代は、お中元と言えばカルピスだったので、高度成長期の流行りの飲み物のように思っていたのだが、この乳酸飲料の歴史は思いのほか古いのだ。

富永の言葉は謎のままであるが、大正十四年の新聞を飾った広告に、ワルワーラ・ブブノワのデザイン、東洋学者のN・ネフスキイがコピーを書いた、カルピスの広告がある。[7]「カルピスと日露の親しみ」「日ロ親善とカルピス」等のコピー、象の上にグラスを持って躍る人。この最先端のデザインは、紙上のサーカスとして、当時さぞ耳目を集めたことだろう。

さて、「サーカス」と言うときまって「ゆあーん　ゆよーん……」が耳に残る、中原の名作と言われる。私はこれを読むたびに、中原の「私は面白がらせをしてゐたのだ……」[8]という、これも不思議な言葉を思う。私はこのオノマトペを、心から楽しむよい読み手ではないようだ。おなじ〈宙ぶらりん〉なら、

きらびやかでもないけれど、
この一本の手綱をはなさず
この陰暗の地域をすぎる！
その志明かなれば
冬の夜を、われは嘆かず、

（中原「寒い夜の自我像」）

いわゆる中原調とは違うかもしれないが、この切り立った漢文口調には、どこか、ブランコで逆さになりそこなったような、真剣そのものであるがゆえに可笑しい、銜わぬ道化が重なる。手に堅く握りしめている、「詩」という一本の命綱。

陽気で坦々として、しかも己を売らないことをと、
わが魂の願ふことであつた！
（同右）

これは大真面目にふざけようとして力んでいる「わが友ピエロ」の、哀しい大口上にも聞こえてくるのだ。

（1）平成八年、神奈川県立近代美術館、兵庫県立近代美術館
（2）同右　山梨俊夫「サーカスがやってきて……現実はずしの夢と憂愁」
（3）『日本の版画　III　都市と女と光と影と』、平成十三年、千葉市美術館
「版ニュース」二号　特集「平川清蔵」、企画発行「輝開」、平成六年
（4）『新編中原中也全集』別巻（上）、平成十六年、角川書店
（5）「詩と版画」八輯、大正十三年十一月。この冊子は大正十一年から十四年にかけて十三輯が出た、版画誌の中心的存在だった。
（6）（3）に同じ

（7）大伏肇『近代日本広告史』平成二年、東京堂出版。上野理恵『ロシアアヴァンギャルドからみた日本美術』ユーラシア研究所ブックレット87、平成十八年、東洋書店。富永、中原と新興芸術との関わりについて詳しく論じたものに、権田浩美の『空の歌――中原中也と富永太郎のモダニティ』平成二十三年、翰林書房がある。

（8）「聖浄白眼」草稿

あなたははるかに葱なもの(1)　中原中也、豊多摩郡

男三人の食卓に、まるで新婚家庭のようなものを整え、囲んで喜んでいる……。昭和三年から一年ほどのこと、場所は京王線、上北沢駅ちかく。三人とは、関口隆克(2)、石田五郎、そして中原中也。

葱の刻ざんだのを水に晒してレースをかけて喰べる料理は中原の発明で、それを作るのは中原に限ることになつてゐた。布巾にくるんで長いこと氷の様に冷い井戸水の中に入れてもんで、きら〳〵光る白い葱の山を皿にのせて運んで来る時に、中原は嬉しさうであった。

(関口隆克「北沢時代以後」)

きらきらする晒し葱をレースにみたてるとは、ずいぶんなお嬢さん趣味だ……。「五月の風

をゼリーにしてもってきて」とは死の床の立原道造だが、中原と立原はともに堀辰雄の雑誌「四季」同人とはいえ、詩風はまったく違うのに、食べものとなると案外そういう趣味なのか……。（「四季」は詩風以前に、基本的に育ちのいい人たちの集まりなのだ。）

しかし、この「レース」は誤植だったらしい。

私が驚きながら手にしていたのは「文学界」昭和十二年十二月、中原中也追悼号（の復刻）だが、のちの全集（新編全集別巻（下））に収められたものを見ると、かけたものは「レース」ではなく、「ソース」となっている。

ソースをかけた晒し葱……。

ソースは、そもそもはイギリス、ウスター市の台所の隅で、偶然、野菜くずが発酵してできたものだという。男の食卓の、これは洋食というものだろうか。

三人の生活と云つても、一切は五郎さんがやつた。朝早く炭火を熾す焚付けの煙が家中に流れてゐて、井戸のポンプを押す音の中に低い五郎さんの口笛が聞えるのを、隣合せのベットの中に寝てゐる中原は大きな眼を開けて聞いてゐた。晩方になると三人が三人で夕食の材料をぶらさげて帰つてくる。中原はみつばのしたしが好きで毎日それを買つて来たが時期によつて値段に高低のあることに気附かなかつたので、二十何円か八百屋に支払つた月があつた。中原は料理には知識もあり自信もあつたが、当座の用にはたゝなかつた。五郎さんが黙つてきぱき調理してゐる傍で、中原は次ぎ〳〵に失敗をしては、何の手助けも出来ないのを悲しんだ。

（同右）

中原中也について、友人の文章は数多いが、これほど中原というひとの切ない体温を伝えるものはないだろう。

夕べが来ると僕は、台所の入口の敷居の上で、使ひ残りのキャベツを軽く、鉋丁の腹で叩いてみたりするのだつた。

（中原中也「北沢風景」）

この、危なっかしくも不思議に暖かな男世帯は、中原が、生涯でもっとも多く台所にたった時期かもしれない。中原が「かなしみ」を覚えるのは、圧倒的に朝、臥床のまま目を大きく見開くときなのだが、それは数多くの詩に実を結んでいる。

雀の声が鳴きました
雨のあがつた朝でした
お葱が欲しいと思ひました

ポンプの音がしてゐました
頭はからつぽでありました
何を悲しむのやら分りませんが、
心が泣いてをりました

（「朝」）

まんじりともせず朝の景色を想像し、郊外のなんでもない鳴き声や生活音になつかしく身を摺り寄せる。「干された飯櫃がよく乾き」（「別離」）、ごく普通のことを、この上なくゆかしく思い、思索のよすがとする中原中也の詩の香りは、このあたりから立ち上ってくる。

ところで、私は在外を除く半世紀、人生のほぼすべてを中野、杉並、渋谷区で過ごしているのだが、それはみな、東京の旧豊多摩郡というエリアである。なかなか意識することがなかったが、それは偶然、中原が東京で住んだエリアと相当部分、重なっているのだった。

秋日、思い立って上北沢に向かう。そこは今でも十分郊外で、中央高速さえ視野から外せば空が広く、秋の匂いが濃い。今年はなぜか気象というものが意識される。東京都内でも区によって違う天気、大気の流れがある。

ここ十年ほど、東京の私鉄はどれも、既にミニタウン化した多摩川の向こうから都心のターミナルにかけて、波が寄せるように駅の建て替えが続き、まるで地下鉄の駅のようでまったく区別ができなくなった。たまに降り立つと出口の方位感覚を失う。京王線上北沢も例外ではない。しかし甲州街道という古いインフラに沿っていて、また、新編全集別巻（下）に関口氏手書きの地図があるので、この家の当たりをつけるのは容易だ。甲州街道を渡ると世田谷区から杉並区に入る。

角の目印「鈴木自動車」は、メルセデスのショールーム・サービスセンターに変わっていても、ビルの名前は「鈴木ビル」なのがうれしい。

角を曲がるとほどなく、今は小さな土手になった玉川上水に金木犀が香り、その先の曲がりくねった小路に、彼岸花が終わりかけている。春は上水に沿った桜並木の名所、菜の花もきれいだったろう。当時の地図に、この小路は「小川」となっている。おそらく上水との水音が重奏で聞こえ、夏は蛍も飛んだかもしれない。夜は、さぞあたりは真っ暗だったろう。ここの二軒長屋に、中原は住んでいたのだ……。庭には野良犬があつまり、なかでもおとなしい赤犬をかわいがったという。この細い道は「鎌倉街道」。

そう思うと、語るにおちる自分史にも、やや薄日が差す。この名前負けの道はよく覚えている。子供を乗せて荻窪方向の渋滞抜けに使った道だ……。杉並区は住宅街のあちこちに、区の保存指定の大樹がいきなり、その周りに武蔵野の空気を広げている。十七年間過ごした記憶の淡い禁忌、あのころの空気。

　　眠つてゐるのは、菜の花畑に

菜の花畑に、眠つてゐるのは
菜の花畑で風に吹かれて
眠つてゐるのは赤ん坊だ？

（「雲雀」）

ところで中原の好物がみつばのおしたしであることは「骨」でつとに有名だが、まだ十代の中原が、食堂の雑踏で好んでいたのは、さすがに香味野菜ではない……。

富永（太郎・筆者注）はなにも食べない。中原はカツレツを注文する。二人は長い間話をする。中原はその間、またカツレツ、またカツレツ。
小窓を開けて、ゆがんだコックの顔。
やがて、ふたりはそこを出る。富永が歩きながら、〝同じ客に、同じものを三つ作るのは、コックにとってはさぞ詰らないことだろうな〟

（永井龍男「小笠原諸島」(3)）

同じものばかりを食べるというのは男飯の典型だが、これは意外なエピソードだ。ソースの味は、横浜生まれのハイカラな少女だった母堂、福さんの味だったのかもしれない。
北沢での中原の生活は、昭和三年九月から四年一月まで、わずかの間ではあるが、人のぬくもりがあり、「私は大東京の真中で一人にされた！」（「我が生活」）荒んださびしさを紛らすものだった。

　その直前に住んでいたのは中野区である。間に一か所、長谷川泰子に去られた家である杉並区高円寺を挟んでいるが、大正十四年から昭和三年まで中野で転々と五か所、すべて中央線沿いに住んでいる。

　中野区は私の育った地で、現住所でもある。

　大正末、中野駅の北側、今のサンプラザや区役所、税務署、体育館などをカバーする場所は囲町と呼ばれ、広大な逓信隊があった。中野区歴史民俗資料館で、東京府豊多摩郡中野町の大正十五年の地図をみると、「陸軍電信隊本部」「衛戍病院分院」「陸軍軍用鳩調査委員」などの建物が建ち、絵葉書には軍用鳩舎が写っている。（伝書鳩！　逓信というものの今日の在り方を思うと隔世の感どころではない！）

　電信柱の多い、だだっ広い中野、十八歳から二十一歳のこの時代に中原は「朝の歌」を書き、宮沢賢治の『春と修羅』に出会い、アテネフランセに通い、音楽団体「スルヤ」で演奏される歌詞の作者となった。恋人を、父を失った。のちの中原の基盤のすべてが、この空気のなかで用意されたと言っていいだろう。

　土地と人の相性は必ずあるものだが、中原は東京の、いや関東のどこにも愛着を持って住んだところはない。中原は東京では十一年間に十八か所に住んでいるから、かなりの引っ越し魔である。土地を選ぶより友人が近くにいる、またはいなくなった、という基準で転居を繰り返している。

さらに数回の転居の後、中原は昭和五年から二年ほど、豊多摩郡代々幡町と千駄ヶ谷町、現在の代々木二丁目に住んでいた。私はこのエリア（四丁目）に八年間住み、ここで初めて、自分と中原の居住地が重なっているのを意識するようになった。杉並では、九年間住んだ天沼が、小林秀雄と長谷川泰子のいたところとは意識したこともなかった。井伏鱒二『荻窪風土記』は完全に生活圏だったので、太宰治の住んだあたりに行ってはみたが、文学散歩に類するものは旅先か、あるいは中年になって目覚める興味かもしれない。

中原が住んだのはいまの小田急線、南新宿駅近く。このあたりは新宿、初台の高層ビルを背景に、開発はもっぱらそちらに譲り、かつての田圃道と思しき斜めに走る細い道に、戸建がいまだ立て込んでいる。地図なしではあっという間に方向感覚が失われ、ときどき高層ビルを振り仰いでは、自分の向いている方向を確かめながら歩く。

ふいに小さな影が曲がってきそうな、陽の当たらない狭い路地。二十三歳から二十五歳、フランスに焦がれ、翻訳者千駄木八郎（翻訳の筆名）として過ごした時間がここにある。

至近の三丁目には国文学者で唱歌の作詞者でもある、高野辰之の家がある。昭和三年に庭の一角に建てられたというコンクリート造り二階建ての書庫、斑山文庫は、当時さぞや目立ったに違いない。高野博士の家とはおそらく知らなかったろうが、中原はこのあたりのアップダウンの多い細道を散歩しながら、何度となくそれを見上げたことだろう。

中原が小学校時代の記憶を書いた詩や散文を見ると、その多くが音楽室にまつわるものだ。そこにはオルガンに合わせ、唱歌が流れていた。未発表詩「咏嘆調」にある「夕空霽れて、涼蟲鳴く。」は、新編全集2解題に指摘されていないが、「夕空はれて　秋風吹き　月影落ちて鈴蟲鳴く」――スコットランド民謡「ライ麦畑で出逢うとき」に大和田建樹が詞をつけた、明治二十一年の『明治唱歌（一）』の記憶だろう。

高野辰之は、明治四十二年から文部省教科書編纂委員となり、今でも日本人の誰もが歌える多くの唱歌を作詞した。

「日の丸の旗」――明治四十四年五月　第一学年用
「紅葉」――同年六月　第二学年用
「春が来た」――明治四十五年三月　第三学年用
「春の小川」――大正元年十二月　第四学年用
「故郷」「朧月夜」――大正三年六月　第六学年用

これらは『尋常小学唱歌』にそれぞれ掲載された。個人名を伏せて「文部省唱歌」と掲載されたため、作詞者である高野辰之を知っている人は少ないが、中原がこれらの唱歌を歌っていたことは間違いないのである。

「春の小川」は第四学年用、中原が小学四年だったのは大正六年。「春の小川はさらさら流る」は、のちの「さらさらと、さらさらと流れてゐるのでありました」――「一つのメルヘン」の伏流水となったものかもしれない。また、中原の読書記録には残っていないが、大正の名著、高野博士の『日本歌謡史』（大正十五年、春秋社）を、中原は読んでいたかもしれない。

私の代々木での住まいは、「春の小川」の水源の上に建っていた。高野邸の周囲には、今も代々幡村の空気が漂う。斑山文庫はコンクリート造りゆえに東京大空襲でも焼失を免れ、収蔵品は高野が晩年を過ごした長野県、野沢温泉に移された。平成二十三年三月、東日本大震災の直前に、古い温泉街を訪れた。湯めぐりの湯気のなかに、モダンなとんがり屋根がやや唐突に現れる。その「おぼろ月夜の館」のなかに、高野の書斎、班山文庫は復元されている。

（1）中原中也「浮浪歌」より引用

（2）関口隆克は、中原の詩に曲を付けている諸井三郎属する音楽団体「スルヤ」に関わっていた。文部省勤務。中原の交友圏にあってはやや異色に思われるが、晩年までもめることなく交際していた。「修羅街輓歌」にはこの人への献辞がある。石田五郎は関口の友人。赤犬のエピソードは開成学園での関口の談話による。堀雅昭『中原中也と維新の影』平成二十一年、弦書房参照

（3）『永井龍男全集』11、昭和五十七年、講談社

参考　『志をはたして――高野辰之　その学問と人間像』野沢温泉村斑山文庫収集委員会、平成四年、野沢温泉村、おぼろ月夜の館発行
『唱歌誕生――ふるさとを創った男』猪瀬直樹著作集9、平成十四年、小学館

小石ばかりの、河原があって、

昭和四十年代後半、中原中也を読みはじめた高校時代は、旧全集の完結(昭和四十六年)直後という時期だった。麻表紙の本を一巻ずつ買い足しながら「日本の詩にはこの人がいればいい」と思った学生時代。

仏、加、米と国外の生活、豊潤な葡萄の丘や、瞳も凍る極寒の窓辺に、全集は代えがたい安定剤として、いつも手もとにあった。

ニューイングランドの図書館には驚きが待っていた。全集とともに横長の薄い「文集中原中也」(審美社、昭和五十四~五十五年)がきれいなハードカバーに製本されて並んでいたのだ。吉田凞生先生と中原思郎氏が編集された、愛読者の文集。海を越えて、一体誰が寄贈したのだろう。

かつて訪ねた詩人の生家跡に記念館が開館したのは、帰国した平成六年だった。やがて新編全集が完結(平成十六年)、平成二十年冬には、生誕一世紀を記念する日仏交流が実現し、パリ、そしてランボオの故郷シャルルヴィルへ。

西日の当るランボオの墓、ヴェルレーヌの上の曇天、トリスタン・ツァラの瀟洒な家。

スクリーンに掲げられた詩人の肖像に来し方行く末が押しよせ、無量の思いで会場を抜け、聖夜を控えた町をひとり歩きまわった。

自分史の暦もまた、一巡したようだった。

なんにも書かなかつたら
みんな書いたことになつた
（中原未刊詩草稿）

私にとって、中原中也の面白さは右の言葉に尽きるのかもしれない。敢えて書こうとすると、そこにはおこがましくもいびつな自我像が現れてしまうので、石を積んではまた崩す……。

小石を並べ続ければ、それをたどり、いつかは向こうに渡れるかもしれない。

中原中也の読者として、多くの実りを受けとれる、そんな時代を生きられた幸せに感謝している。

平成二十五年（二〇一三）春
陶原葵

初出一覧

こんなことは実に稀れです　「スーハ！」八号、平成二十三年十一月
瞶《みは》る私の聴官よ　「中原中也研究」七号、平成十三年八月、中原中也記念館
灼けた瞳は動かなかつた　「国文学解釈と鑑賞」別冊「立原道造」平成十三年五月、至文堂
蕃紅花色《さふらんいろ》に湧きいづる　山口市民講座、平成十一年七月三十一日、原題「死んだ明治も甦れ」、「中原中也研究」四号、平成十一年八月
失せし獣の夢なりき　「中原中也研究」十二号、平成十九年八月
三富朽葉《くちば》よ、いまいづこ、　「中原中也研究」十三号、平成二十年八月
宙空温泉　「スーハ！」七号、平成二十三年二月
Me Voilà　「中原中也研究」十七号、平成二十四年八月
天壌茲に、声のあれ！　未発表
汚れ木綿のむこうがわ　「GANYMEDE」五十四号、平成二十四年三月
あなたははるかに葱なもの　「GANYMEDE」五十三号、平成二十三年十二月

中原中也の引用は、特記していないかぎり『新編中原中也全集』（角川書店）を基にしている。引用のうち旧漢字のものは新字に改めた。

初出それぞれに加筆がある。

陶原　葵（とうはら・あおい）
昭和三十年（一九五五）、大阪府生まれ。
日本女子大学、大学院日本文学専攻博士課程前期修了。
詩集に『リターン』（平成十一年、一九九九）ふらんす堂
『明石、時、』（平成二十二年、二〇一〇）思潮社

中原中也《なかはらちゅうや》のながれに　小石《こいし》ばかりの、河原《かわら》があって、

著者
陶原《とうはら》　葵《あおい》
発行者
小田久郎
発行所
株式会社　思潮社
〒一六二―〇八四二　東京都新宿区市谷砂土原町三―十五
電話〇三（三二六七）八一五三（営業）・八一四一（編集）
ＦＡＸ〇三（三二六七）八一四二
印刷所
創栄図書印刷株式会社
製本所
株式会社川島製本所
発行日
二〇一三年四月二十九日